रामगढ़ में हत्या

विभूति नारायण राय

वाणी प्रकाशन

पेपरबैक प्रथम संस्करण : 2023

वाणी प्रकाशन

4695, 21-ए, दरियागंज, नयी दिल्ली-110 002

फ़ोन : +91 11 23273167 फ़ैक्स : +91 11 23275710

शाखाएँ

अशोक राजपथ, पटना-800 004, बिहार

कॉफ़ी हाउस कैम्पस, महात्मा गांधी मार्ग, इलाहाबाद-211 001, उत्तर प्रदेश

महात्मा गांधी अन्तरराष्ट्रीय हिन्दी विश्वविद्यालय, वर्धा-442 001, महाराष्ट्र

36/ए, शेक्सपियर सरणी, रानी बिरला गर्ल्स कॉलेज के पास, कोलकाता-700 017, प. बंगाल

www.vaniprakashan.com
marketing@vaniprakashan.in
sales@vaniprakashan.in

Ramgarh Mein Hatya
by Vibhuti Narain Rai

ISBN : 978-93-5775-089-9
Novel

मूल्य : ₹ 299

आर. टेक ऑफ़सेट प्रिंटर्स, दिल्ली-110 032 में मुद्रित

वाणी प्रकाशन का लोगो मक़बूल फ़िदा हुसेन की कूची से

विभूति नारायण राय हिन्दी के एक ऐसे उपन्यासकार हैं जिनका लेखन भाषा, शिल्प और कथ्य के स्तर पर भिन्न तो होता ही है, एक विशिष्ट ऊँचाई भी लिये हुए होता है। यही कारण है कि इनकी हर कृति में पाठक को एक नये आस्वाद से परिचय होता है; और इस बात की एक सशक्त मिसाल पेश करता है उनका यह नया उपन्यास *रामगढ़ में हत्या*।

यह जासूसी रंग में रँगा ऐसा उपन्यास है जो पाठकीय कौतुकता में ऐसी गहराई लिये चलता है कि पढ़ने वाला संवेदनात्मक संरचना में इस तरह बँध जाता है कि घटनाओं की प्रक्रियाओं की सनसनाहट से चाहकर भी मुक्त होना उसके लिए सम्भव नहीं हो पाता।

इस उपन्यास के मूल में प्रेम है। प्रेम जिसमें एक व्यक्ति की हत्या होती है लेकिन जिसकी हत्या होती है, वह प्रेम का हिस्सा नहीं है। वह एक नौकरानी है, जिसकी ग़लती से हत्या हो जाती है यानी जिसे मारना लक्ष्य था, वह नहीं मारा जाता बल्कि वह मारा जाता है जिसका इस प्रेम-कथा से कोई सम्बन्ध नहीं। इसी की गहन पड़ताल में अनेक आयामों से उलझती-सुलझती हुई गुज़रती है यह कृति।

यूँ तो यह एक त्रिकोण प्रेम पर आधारित उपन्यास है, जिसके पात्र मिसेज़ मेहरोत्रा, रतन और रानो जी हैं लेकिन रिटायर्ड पुलिस अधिकारी शर्मा का इस कथा में प्रवेश घटनाओं में नाटकीय भेद के कई सूत्र प्रदान करता है, जिससे कथा कई छोरों की खोहों से गुज़रते हुए भी निष्कर्ष-परिधि से तनिक भी अतिरिक्त कहन लिये नहीं दीखती, ऐसी भाषिक संरचना है इसकी।

इस उपन्यास का एक ख़ास ऐंगल यह है कि इसमें जो प्रतिशोध है, वह स्त्री और पुरुष के बीच नहीं बल्कि दो स्त्रियों के बीच है जो प्रेमी की मृत्यु के बाद अपने चरम पर पहुँचता है, लेकिन दुःखद कि वहाँ अंजाम अधूरा होते हुए भी पूरा होने का बोध लिये घटित होता है। और यही इस उपन्यास का वह 'तन्त' है जो एक बार फिर पढ़ने को आकर्षित करता है और यह आकर्षण अन्य प्रेम-कथाओं से इस उपन्यास को अलग ही नहीं करता, कहन और गहन में एक अलग दर्जा भी देता है।

हिन्दी साहित्य में जासूसी उपन्यासों की संख्या बहुत ही कम है या कहें कि इसकी कोई सुदृढ़ परम्परा ही नहीं रही, तो ग़लत नहीं होगा। इस लिहाज़ से यह उपन्यास न सिर्फ इस कमी को पूरा करता है, बल्कि जासूसी उपन्यास-लेखन की उस ज़मीन को उर्वर करता है जिस पर कभी देवकीनन्दन खत्री और श्रीलाल शुक्ल जैसे लेखकों ने नींव डाली थी। ग़ौरतलब है कि हिन्दी समाज में एक रोचक प्रवृत्ति है कि कुछ क्षेत्र मुख्यधारा के लेखकों के लिए वर्जित करार दे दिये गये हैं। मसलन बच्चों के लिए लिखना, जासूसी लेखन या विज्ञान कथाएँ रचना कमतर माना जाता है। इन क्षेत्रों में काम करने वाले गम्भीरता से नहीं लिये जाते। इनके बरक्स अंग्रेज़ी समेत दूसरी विश्व भाषाओं के बड़े लेखकों ने इन क्षेत्रों में भी महत्त्वपूर्ण लेखन किया है। विभूति नारायण राय का यह जासूसी उपन्यास इस मिथ को तोड़ता है।

निस्सन्देह, *रामगढ़ में हत्या* प्रेम में 'वृत्ति' की वह कृति है जो कभी-कभी ही लिखी जाती है और जब लिखी जाती है, वर्षों याद की जाती है।

कल्पना और रचनाशीलता से भरपूर

नटखट बच्चों–

सारा, ईशान, वैभवी, वियान, सृजन और संवाद

के लिए

एक

शताब्दी अपनी आदत के मुताबिक़ ठीक 11 बजकर 40 मिनट पर काठगोदाम स्टेशन में घुसी और प्लेटफ़ॉर्म नं. 2 पर जाकर खड़ी हो गयी। कोई ज़रूरत न होते हुए भी शर्मा ने ख़ुद को आश्वस्त करने के लिए इरफ़ान को फ़ोन किया। वह अपनी टैक्सी लिए हर साल की तरह स्टेशन पर बाहरी गेट के पास खड़ा था। पिछले कई सालों से दिल्ली से चलने के पहले शर्मा इरफ़ान को अपने पहुँचने की ख़बर कर देता और निश्चिन्त हो जाता। इरफ़ान भी पिछले कई सालों से इस ग्राहक को, जिसके बारे में वह सिर्फ़ इतना जानता था कि वह कोई रिटायर्ड पुलिस अधिकारी है, काठगोदाम से रामगढ़ लाता ले जाता रहा है। अपने मोबाइल में उसने इसका नम्बर भी शर्मा के नाम से सेव कर रखा है और उसके बारे में इरफ़ान की समझ बनी है कि वह भला आदमी है जो हमेशा बिना मोल-भाव किये प्रचलित किराये से अधिक देता है। आख़िरी स्टेशन होने के कारण ट्रेन धीरे-धीरे पूरी ख़ाली हो गयी और आराम से वह भी नीचे उतर गया।

अभी अप्रैल की शुरुआत ही थी पर मैदानों में आग बरस रही थी। लोग पहाड़ों की तरफ़ भाग रहे थे और आज भी प्लेटफ़ॉर्म खचाखच भरा हुआ था। मुसाफ़िरों, उनके भारी-भरकम सूटकेसों, झगड़ते और सौदेबाज़ी करते कुलियों या सवारियों पर टूट-टूट पड़ते टैक्सी ड्राइवरों के बीच अपने लिए जगह बनाते हुए वह बाहर निकल आया। उसे कोई जल्दी नहीं थी, पूरा दिन बिना किसी कार्यक्रम के उसके पास था और आराम से डेढ़-दो घण्टे में वह रामगढ़ में होगा, अपने छोटे-से आशियाने में रवि के हाथ की बनी गरमागरम कॉफ़ी पीते हुए और अपने डेक पर चुपचाप सामने फैले पहाड़ों, नीची वादियों में पसरे घने जंगलों और इन सबके ऊपर तैरते सलेटी रंग के बादलों को निहारता बैठेगा।

बेतरतीब पार्क किये व्यक्तिगत वाहनों और टैक्सियों के बीच से रास्ता बनाते हुए उसने इरफ़ान को हाथ हिलाते हुए देख लिया। वह हर बार की तरह स्टेशन के

बाहरी हिस्से में ऐसी जगह चुनकर खड़ा था जहाँ से भीड़-भाड़ बचाते हुए आसानी से भीमताल वाली सड़क पकड़ी जा सकती थी। कोई जल्दी न होने के बावजूद सिर्फ़ आदतवश वह तेज़ क़दमों के साथ लगभग झपटता हुआ इरफ़ान की टैक्सी के पास पहुँचा, उसके हाथ का सामान जैसे छीनते हुए-सा इरफ़ान ने गाड़ी की डिक्की में डाला और तेज़ी से ड्राइविंग सीट पर पहुँच गया। गाड़ी चन्द मिनटों में ही मुख्य सड़क पर थी और तब दोनों को अहसास हुआ कि उन्हें कोई जल्दी नहीं है और उनकी रफ़्तार शिथिल हो गयी। हर बार यही होता था, सोचकर शर्मा मुस्कराया।

काठगोदाम का पुल पार करने के बाद कार जैसे ही पहाड़ियों पर चढ़ी उसे कुछ बदला हुआ-सा नज़र आया। पिछले सालों की तरह आँखें बन्दकर गहरी साँस लेने पर उसके नथुनों में पहाड़ों की ठण्डी ताज़ी हवा नहीं भरी, बल्कि हवा के साथ पेड़-पौधों के जलने की चिरायँध के साथ कुछ ऐसा अन्दर गया कि उसने घबराकर आँखें खोल दीं। खिड़की के शीशे से बाहर झाँकते ही उसे लगा कि पहाड़ों पर आग लगी हुई है। जगह-जगह निकलने वाले धुएँ से समझ में आ गया कि जंगलों में वनस्पतियाँ जल रही हैं।

इन घुमावदार सड़कों पर वह वर्षों से सफ़र करता रहा है पर इन दृश्यों से पहली बार सामना हो रहा था। रामगढ़ तक स्पष्ट हो गया कि आग स्थानीय नहीं बल्कि व्यापक है। रास्ते में ड्राइवर इरफ़ान ने बताया कि पिछली रात हल्द्वानी से ऊपर जाते समय उसे सड़कों पर जंगली जानवर बदहवास दौड़ते दिखायी दिये थे। ज़ाहिर था कि वन्य-पशु अपने रिहायशी इलाक़े ख़तरे में पाकर सड़कों पर शरण तलाश रहे थे। उसे डर था कि यदि आग पर जल्दी क़ाबू न पाया गया तो ये पशु आबादियों में घुस आयेंगे और इस तरह मनुष्यों के साथ उनके नये संघर्ष की शुरुआत हो जायेगी।

काठगोदाम से रामगढ़ आते समय रास्ते में जिस ताज़गी का अहसास होता था, आज वह पूरी तरह से अनुपस्थित थी। जंगल में आग की वजह से एक अजीब तरह की उदासी तारी हो गयी थी। हर यात्रा के दौरान भवाली पर रुककर उसकी पत्नी आटा, दाल, चावल, दूध, सब्ज़ियाँ आदि ख़रीदती थी, आज भी इरफ़ान ने निर्धारित दुकान पर गाड़ी रोकने के लिए धीमी की पर शर्मा ने इशारे से उसे आगे बढ़ने का संकेत किया। खिन्न मन रुकने की इजाज़त भी नहीं दे रहा था, रामगढ़ बाज़ार में ही चलकर ख़रीदेगा।

गागर पार हुआ तो खिन्नता अनिष्ट की आशंका में बदल गयी। ऊँचाई पर बसा छोटा-सा और दूर-दूर तक फैली पहाड़ियों पर जमे छोटे-बड़े मकानों और पाँच-छह दुकानों वाला क़स्बा गागर हर बार ख़ामोश ऊँघता-सा लगता था। हर बार वह नीचे

भूल गयी चीज़ें यहीं से ख़रीदता था, ख़ासतौर से मिनरल वाटर और सोडे की बोतलें तो यहीं से उठाता था। आज उसका इरादा बदला हुआ था पर जैसे ही सड़क रामगढ़ की तरफ़ मुड़ी सड़क के किनारे खड़ी भीड़ को देखकर उसे अजीब-सा लगा। उसने ड्राइवर को एक तरफ़ गाड़ी रोकने का इशारा किया और उसे सोडे की बोतलें लाने के लिए पैसे थमाये। मक़सद था भीड़ के एकत्र होने का कारण जानना।

इरफ़ान लौटा तो उसके पास एक दु:खद ख़बर थी। रामगढ़ में कल एक दुर्घटना में एक नवयुवती की मृत्यु हो गयी थी। इरफ़ान रामगढ़ सवारियाँ लेकर आता-जाता था, इसलिए उसे वहाँ के भूगोल की थोड़ी-बहुत जानकारी थी। उसके हिसाब से दुर्घटना जिस लड़की के साथ हुई वह होटल रामगढ़ के दामन में बनी दो कोठियों में से किसी में काम करती होगी। होटल रामगढ़ वह कई बार सवारियाँ छोड़ने आ चुका है। शर्मा का मन खिन्न हो गया।

जंगलों में आग के अलावा कहीं इसी अनिष्ट की आशंका तो नहीं थी जिसने उसे परेशान कर रखा था?

गागर मोड़ से सड़क नीचे उतरती थी। रामगढ़ सिर्फ़ चार किलोमीटर रह गया था और बीच-बीच में पहाड़ों के नीचे झाँकने पर उसकी इमारतें दिखने लगी थीं। शर्मा की समझ में आ गया था कि दुर्घटना से मिसेज़ मेहरोत्रा का कोई-न-कोई सम्बन्ध है पर यह क्या हो सकता है, इसका अन्दाज़ लगाना थोड़ा मुश्किल था। रामगढ़ पहुँचने ही वाले हैं, उसने दिमाग़ पर ज़ोर डालना छोड़ आँखें बन्दकर शरीर को आराम की मुद्रा में डाल दिया।

रामगढ़ बाज़ार शुरू हुआ तो ड्राइवर ने आदतन शुरुआती चाय की दुकान पर गाड़ी रोक दी। इस दुकान के समोसे उसे पसन्द थे और जितनी देर में रवि आकर घर की चाभी ले जाता, वह गरमागरम पहाड़ी चाय के साथ समोसे खाता, दुकान के बातूनी कुक बहादुर से तब तक रामगढ़ पहुँच चुके रहवासियों की फ़ेहरिश्त हासिल करता और भी दूसरी जानकारियाँ लेता। आज भी उसने रवि को भवाली से ऊपर चढ़ते ही फ़ोन कर दिया था और उम्मीद के मुताबिक़ वह चाय आने के पहले ही आ गया था। उसे चाभी देकर वह बेसब्री से बहादुर के बोलने का इन्तज़ार करने लगा। हर बार तो चाय भट्ठी पर चढ़ाते ही वह शुरू हो जाता और कई बार तो यह देखकर भी कि शर्मा मेज़ से अख़बार उठाकर उसमें डूबा हुआ है, उसका बोलना बन्द नहीं होता। आज वह कुछ उदास लग रहा था, बिना कुछ बोले अपने काम में लगा रहा। शर्मा ने उसे चुप काम में डूबे देखा तो ख़ुद ही पूछा, "क्या हाल है बहादुर, सब ठीक-ठाक तो है न?"

बहादुर ने कोई जवाब दिये बिना जिस बेचैनी-से शर्मा की तरफ़ देखा, उससे अन्दाज़ा लगाना मुश्किल नहीं था कि कुछ बहुत गम्भीर घटा है। जवाब बहादुर ने नहीं दिया, जवाब दिया उसके सहायक ने जिसे सब छोटे बहादुर के नाम से पुकारते थे। इस दुकान को यही दोनों नेपाली लड़के चलाते थे, इनके नाम तो शायद ही कोई जानता था पर इन्हें बुलाते सभी थे बहादुर और छोटे बहादुर के नाम से।

जो सूचना छोटे बहादुर के पास थी, वह चौंकाने वाली तो थी ही दर्दनाक भी थी। टैक्सी ड्राइवर गोगोल में जिस दुर्घटना की ख़बर लेकर आया था, उसका खुलासा कुछ ऐसा था कि कल शाम सनसेट प्वाइंट पर जब मिसेज़ मेहरोत्रा रोज़ की तरह रामगढ़ के कुछ सैलानियों के साथ बैठी थीं, ऊपर से एक बड़ी-सी चट्टान लुढ़कती हुई नीचे आयी और सीधे उनकी नौकरानी सुनीता के सर से टकरायी। जब तक उसे कोई मदद मिलती, वह मर चुकी थी। किसी को नहीं पता कि यह चट्टान कैसे आयी, पर वहाँ मौजूद लोगों की राय थी कि मिसेज़ मेहरोत्रा सौभाग्यशाली कही जायेंगी कि दुर्घटना से चन्द मिनट पहले ही उस जगह से उठकर गयी थीं जहाँ आकर चट्टान टकरायी थी। और यह भी नौकरानी सुनीता की बदक़िस्मती ही कही जायेगी कि उनके उठने के फ़ौरन बाद ही वह वहीं आकर बैठ गयी थी।

चाय पीने का मज़ा ख़त्म हो गया था, शर्मा ने कप में आधी चाय छोड़ दी और उठ खड़ा हुआ। खड़े होकर देखा तो ड्राइवर अभी चाय पी ही रहा था, वह बैठ गया, पर ड्राइवर ने उसकी बेचैनी देख ली थी। उसने सुड़कते हुए एक घूँट में चाय ख़त्म की और खड़ा हो गया। काउंटर पर भुगतान करते हुए शर्मा बाहर निकला तो ड्राइवर अपनी सीट पर मुस्तैद बैठा था।

श्रीमती हरप्रीत मेहरोत्रा, जिनका पूरा नाम तो रामगढ़ में शायद ही लोगों को याद हो और जिन्हें स्थानीय बड़ी मेम साहब और प्रवासी मिसेज़ मेहरोत्रा कहकर पुकारते थे, की कोठी उस छोटे-से क़स्बानुमा पहाड़ी गाँव के लिए ख़ासी बड़ी थी। कोठी एक बड़ी-सी पहाड़ी के एक हिस्से को समतल कर बनायी गयी थी जिसके पिछले हिस्से से सटकर एक गहरी वादी थी। शर्मा को पता था कि यह उनके बेटी-दामाद की कोठी थी जिसमें हर साल वे गर्मियों के दो-ढाई महीने बिताती थीं। वे पिछले पन्द्रह-बीस वर्षों से रामगढ़ आ रही थीं और अपने व्यवहार के कारण यहाँ के निवासियों में ख़ूब लोकप्रिय थीं। रामगढ़ था भी तो एक छोटा-सा ही क़स्बा जिसके कुछ सौ निवासियों और गर्मियों में आने वाले तीस-चालीस बाहरी परिवारों को मिलाकर एक ख़ुशनुमा-सा माहौल बन जाता था और जिसमें सबसे उल्लेखनीय उपस्थिति मिसेज़ मेहरोत्रा की होती थी। वे गर्मियों भर रामगढ़ के सामाजिक जीवन

की धुरी होतीं। यह उन्हीं की राय थी कि शाम को पहाड़ी रास्तों पर टहलने निकले लोग, तल्ला जाने वाली सड़क के एक मोड़ पर, जहाँ इतनी फ़ालतू चौरस जगह बचती थी जिस पर आने-जाने वाली गाड़ियों से बचकर बैठा जा सकता था, इकट्ठे होकर घण्टे-डेढ़ घण्टे गप्प लड़ाते थे। उस मोड़ को सनसेट प्वाइंट नाम भी उन्होंने ही दिया था। हालाँकि कभी-कभार ही वहाँ खड़े होकर लोगों ने सूर्यास्त देखा हो पर सूरज डूबने के समय आदतन घुमाव के नीचे घाटी में झाँकते सभी थे और घाटी में उसके डूबने की कल्पना करते रहते थे।

शर्मा का घर मिसेज़ मेहरोत्रा से थोड़ा ही आगे था। उसकी टैक्सी उनकी बाउंड्री वाल के साथ-साथ घूमती सड़क से चलकर चन्द मिनटों में उसके मकान के सामने सड़क पर रुकी। उसका घर पहाड़ों पर उन बिरले घरों में था जहाँ आप सड़क पर गाड़ी रोककर बिना ऊबड़-खाबड़ चढ़ाइयों-उतराइयों से गुज़रे सीधे अपने घर के अन्दर जा सकते थे। बाहर एक बेरौनक़-सी नेम प्लेट लटकी हुई थी– 'ओ.पी. शर्मा, रिटायर्ड डिप्टी सुपरिंटेंडेंट पुलिस'। उसका पूरा नाम ओम प्रकाश शर्मा तो रामगढ़ में शायद ही कोई जानता था। सभी के लिए वह सिर्फ़ शर्मा जी ही था। वह गाड़ी रुकते ही बेचैनी से अन्दर लपका।

रवि आ चुका था और घर की सफ़ाई में जुटा था। इरफ़ान टैक्सी वाले का भुगतान कर, साहब वाशरूम में कब घुसे और कब निकल आये, उसे पता ही नहीं चला, इस बीच उसने सामान ज़रूर उतार लिया था और हर बार की तरह चाय बनाने या रात के खाने में क्या बनेगा जैसे आदेशों के लिए इन्तज़ार कर रहा था। अचानक बेचैन शर्मा उसे इन्तज़ार करने को कहकर बाहर भागा और बैक कर वापस काठगोदाम लौट रही टैक्सी को हाथ के इशारे से रोककर तेज़ी से उसमें एक बार फिर बैठ गया। ड्राइवर कुछ समझा नहीं पर उसके आँखों का सन्देश पढ़कर गाड़ी आगे बढ़ा ली। जब एक फ़र्लांग से भी कम दूरी पर शर्मा ने गाड़ी रुकवा दी और हाथ हिलाकर उसे जाने को कहा तब जाकर उसे अहसास हुआ कि उसके मुसाफ़िर की मंज़िल दाहिने हाथ की चढ़ाई वाली सड़क थी जो सीधे मिसेज़ मेहरोत्रा के घर तक जाती थी।

मिसेज़ मेहरोत्रा की उस बड़ी-सी कोठी के लॉन में ख़ामोश उदासी पसरी हुई थी। लोग दबे स्वरों में बात कर रहे थे। लॉन के एक कोने में, जहाँ अभी तक धूप थी, मिसेज़ मेहरोत्रा बैठी थीं। वे पत्थर जैसी जड़वत्, लोगों पर निगाहें दौड़ा रही थीं। लोग उनके पास आते, चुपचाप खड़े रहते और बिना कुछ बोले लॉन में मौजूद किसी समूह का हिस्सा बन जाते। किसी के पास संवेदना के लिए शब्द ही नहीं थे।

शर्मा भी सीधे उनकी तरफ़ गया और थोड़ी देर तक सर झुकाये खड़े रहने के बाद वहाँ से बिना बोले हटने जा ही रहा था कि मिसेज़ मेहरोत्रा ने हाथ पकड़कर अपने पास ख़ाली पड़ी कुर्सी पर बिठा लिया।

वे रुक-रुककर अस्फुट स्वर में कुछ बोलने की कोशिश कर रही थीं। शर्मा की समझ में आ गया कि वे नौकरानी के साथ हुई दुर्घटना का विवरण बताना चाह रही थीं। पूरी तरह से समझना तो मुश्किल था पर बार-बार चट्टान के अचानक ही ऊपर से लुढ़कने का ज़िक्र होने से उसकी समझ में आ गया कि जो कुछ उसने बाज़ार में चाय की दुकान पर सुना था, उसी की पुष्टि हो रही थी।

अचानक एक औरत के दहाड़ मारकर रोने की आवाज़ सुनायी दी। शर्मा ने घबराकर आवाज़ की दिशा में नज़रें दौड़ायीं। लॉन के कोने में औरतों का एक झुण्ड-सा बैठा हुआ था, दूर से लगता था कि गठरियाँ हैं। चीख़ वहीं से आयी थी। वह उठकर उधर को बढ़ चला, ज़मीन पर लुढ़की हुई-सी एक उम्र-दराज़ औरत भूरे रंग की शाल बाँहों में भींचे ऊँचे स्वर में विलाप कर रही थी और उसे घेरे हुए कुछ बैठी, कुछ खड़ी औरतें सांत्वना दे रही थीं। शर्मा क़रीब पहुँचा तो वह समझ गया कि विलाप करने वाली औरत मरने वाली नौकरानी सुनीता की माँ थी। मिसेज़ मेहरोत्रा की यह नौकरानी रामगढ़ से लगभग तीस किलोमीटर दूर मुक्तेश्वर के पास के एक गाँव की थी। हर साल मिसेज़ मेहरोत्रा या उनके बेटी-दामाद के आने के पहले उसे ख़बर कर दी जाती और वह आ जाती। तनख़्वाह तो सालभर की ही मिलती, काम किसी भी साल कई क़िश्तों में नब्बे से सौ दिन के बीच ही होता। मेहरोत्रा परिवार भी ख़ुश और लड़की भी ख़ुश। रातोंरात उस पहाड़ी गाँव में सन्देश वाहक भेजा गया और सुबह होते-होते परिवार के लोग आ गये। उनके आने के बाद ही लड़की की अंत्येष्टि हुई और लॉन में मौजूद लोग शमशान घाट से लौटकर अब माँ को दिलासा देने की कोशिश कर रहे थे।

माँ के हाथ में एक भूरे रंग की शाल थी और उसी को बार-बार बाँहों में भींचकर वह रोती जा रही थी। उनकी बातों से पता चला कि इस शाल को एक ही दिन पहले मिसेज़ मेहरोत्रा ने उस लड़की को ठण्ड से सिकुड़ती देखकर अपने कन्धे से उतारकर दिया था। उस दुर्भाग्यशाली शाम को जब ऊपर से लुढ़कता हुआ पत्थर आकर उसके सर से टकराया वह यही शाल ओढ़े हुए थी। ध्यान से देखने पर शाल के एक बड़े-से हिस्से पर जमकर सुर्ख़ काले रंग में तब्दील हो गये ख़ून के धब्बों को पहचाना जा सकता था।

शर्मा के लिए देर तक वहाँ खड़ा रहना मुश्किल हो गया। पूरा माहौल इतना भारी था कि वह चुपचाप बाहर निकल आया। लॉन पार कर मुख्य द्वार तक पहुँचा ही था कि मिसेज़ मेहरोत्रा की दूसरी नौकरानी एनी टकरा गयी। दोनों एक-दूसरे को पहचानते थे, लिहाज़ा वह रुक गया और थोड़ी दूर ले जाकर उससे जानने की कोशिश की कि हुआ क्या था?

एनी रोज़ शाम को मिसेज़ मेहरोत्रा के साथ टहलने के वक़्त साथ होती थी, कल भी साथ ही थी। शुरू में तो वे सनसेट प्वाइंट के उसी मोड़ पर बैठी थीं। धीरे-धीरे जब पाँच-सात परिवार इकट्ठे हो गये तो गप्पें लड़ाने या टहलने वालों के छोटे-छोटे ग्रुप बन गये और लोग बिखरने लगे। मिसेज़ मेहरोत्रा भी अपनी दो हमउम्र महिलाओं के साथ रोज़ की तरह टहलने निकल गयीं। वे नियम से रोज़ लगभग सौ गज़ टहलती थीं। उम्र के लिहाज़ से इतने में ही उन्हें तीस मिनट से अधिक लग जाता और फिर थककर लौट आतीं।

रोज़ की तरह एनी, ड्राइवर और सुनीता के साथ उस मोड़ से थोड़ी ही दूर एक दूसरे मोड़ पर बैठी थी। उस सर्पाकार सड़क पर यह दूसरा मोड़ इन लोगों का प्रिय ठिकाना था जहाँ अपने मालिकों को छोड़कर वे बैठते थे। एक तो यहाँ वे पहले मोड़ पर बैठे लोगों की निगाहों से परे हो जाते और दूसरे घुमावदार सड़क पर यहाँ भी इतनी जगह बचती थी जहाँ चार-पाँच लोग आने-जाने वाले वाहनों से सुरक्षित बैठ सकते थे। वे अपने बैठने के लिए अगल-बग़ल पड़ा लकड़ी का कोई कुन्दा या ईंट खींच लेते। उस दिन भी यही हुआ था। व्यवधान तब पड़ा जब मिसेज़ मेहरोत्रा दो-तीन बूढ़ी महिलाओं के साथ टहलती हुई वहाँ तक आ गयीं और वहीं खड़ी होकर बातें करने लगीं। ऐसा अक्सर हो जाता और हर बार की तरह वे अदब से खड़े हो गये और उनकी बातचीत में कोई बाधा न पड़े, इसलिए धीरे-धीरे उस मोड़ पर चले आये जहाँ पहले मालिकों की मण्डली बैठी थी। वे अभी वहाँ आकर खड़े ही हुए थे कि वह दुर्घटना हुई।

एनी की नज़र अचानक पहाड़ियों की तरफ़ गयी और उसने एक बड़े पत्थर को अपनी तरफ़ तेज़ी से लुढ़कते हुए देखा। जब तक वह साथियों को सतर्क करती पत्थर सुनीता के शरीर से टकरा चुका था। उसने झपटकर सुनीता को सँभालने की कोशिश की पर तब तक देर हो गयी थी। पत्थर सीधे सर से टकराया था और ख़ून का एक फ़व्वारा-सा फूट रहा था। सुनीता की शाल सामने से ख़ून में सन गयी थी। ड्राइवर का शोर सुनकर टहलने वाले झपटते हुए से लौटे तो उसकी मृत्यु हो चुकी थी।

एनी का विवरण सुनते-सुनते शर्मा के कान सतर्क हुए, एक ख़ास बिन्दु पर पहुँचकर वह थोड़ा चौंका ज़रूर पर इसे अपने पुलिस जीवन की बुरी आदत मानकर उसने सिर झटक दिया और धीरे-धीरे अपने घर की तरफ़ बढ़ चला। एनी को लगा था कि ऊपर पहाड़ियों पर कोई था जो अगले ही क्षण अदृश्य हो गया। बहुत मुमकिन है कि एनी को उस झुटपुटे में भ्रम हुआ हो।

दो

शर्मा घर वापस पहुँचा तो उसका सर दर्द से फटा जा रहा था। रवि से चाय बनाने को कहकर वह बाथरूम में घुस गया। गीज़र ऑन था, गर्म पानी से देर तक मुँह धुलने से कुछ ताज़गी आयी। चाय पीते-पीते वह रवि से रामगढ़ की ख़बरें लेता रहा। रवि ख़ुद ही विचलित नज़र आ रहा था। इस बीच उसने अब तक कौन-कौन आ चुका था, बताया। नैनीताल ज़िले के इस एक छोटे-से क़स्बे में मैदानी इलाक़ों के बहुत-से लोगों ने छोटे-बड़े मकान बना रखे थे जिनमें वे साल के दो-तीन महीने आकर रहते थे। कुछ सर्दियों में भी आते पर ऐसे लोगों की संख्या कम ही होती और उन दिनों ज़्यादातर मकानों में ताले पड़े रहते।

गर्मियों में यहाँ एक आत्मीय छोटा-सा नगर बस जाता था। इसमें आने वाले ऐसे घुल-मिल जाते कि लगता बरसों से एक-दूसरे को जानते हों, यह अलग बात थी कि यहाँ से लौटने के बाद वे शायद ही एक-दूसरे से मिलते। शर्मा भी हर साल गर्मियों का इन्तज़ार ही इसलिए करता था कि उसे इन दिनों रामगढ़ जाना होता। यहाँ आने वाले कई लोगों से उसके दोस्ताना ताल्लुक़ात बन गये थे। रवि ने आने वालों की जो सूची सुनायी, उसमें दो-तीन नाम ऐसे थे जिनके साथ शाम बितायी जा सकती थी। चाय ख़त्म होने तक उसने तय कर लिया कि अगर प्रशान्त ख़ाली होगा तो आज की शाम उसी के साथ बितायेगा। वह एक ऐसा था जिससे रामगढ़ में मुलाक़ातों के चलते दोस्ताना सम्बन्ध बन गये थे।

प्रशान्त को काल किया तो पता चला कि वह तो उसके ही फ़ोन का इन्तज़ार कर रहा था। थोड़ी देर में वे साथ थे। वह हमेशा मज़ाक़ करता था कि पहाड़ का आनन्द लेने के लिए तीन चीज़ें ज़रूरी हैं, शराब, किताब और सैलानी तबीयत। जिन्हें इन तीनों की लत हो, वही पहाड़ों का आनन्द ले सकता है और प्रशान्त को तीनों में मज़ा आता था। उसके पास भी अच्छी किताबों और शराबों का ख़ासा संग्रह रहता था और वह भी शर्मा की तरह जंगलों या पहाड़ों पर भटकने का शौक़ीन था।

पिछली गर्मियों में दो महीनों से कुछ अधिक समय साथ बिताने के बाद वे जो अलग हुए तो अब लम्बे अर्से के बाद मिल रहे थे। बावजूद इसके कि दिल्ली के दो छोरों पर स्थित उनके निवास तीस-चालीस किलोमीटर से भी कम की दूरी पर थे पर एक बार अपनी-अपनी व्यस्त दुनियादारी वाली ज़िन्दगियों में लौटने के बाद वे दो-तीन बार सिर्फ़ फ़ोन पर बात कर पाये थे। आज भी मिलने के बाद हस्बेमामूल उन्होंने एक-दूसरे से शिकायतें कीं कि दिल्ली में मिले क्यों नहीं या फिर हर बार की तरह वादे किये कि इस बार लौटने के बाद नियमित मिलने-जुलने का सिलसिला जारी रखेंगे और अपने-अपने पेग बना लिये।

वे सैकड़ों बार साथ बैठकर पी चुके थे और एक-दूसरे की संगत पसन्द करते थे पर आज कुछ था कि शर्मा अनमना था। मौसम से लेकर देश-दुनिया की राजनीति पर बात करते-करते अचानक शर्मा ने एक बड़ा घूँट भरकर अपना गिलास ख़ाली किया और उठ खड़ा हुआ।

"यार बुरा मत मानना पर अन्दर से कुछ अजीब-सा लग रहा है, रह-रहकर सुनीता की सूरत आँखों के सामने घूमने लगती है। पिछले कई सालों से गर्मियों में शाम को मिसेज़ मेहरोत्रा को सनसेट प्वाइंट पर देखने की आदत-सी पड़ गयी थी। मिसेज़ मेहरोत्रा का मतलब पूरे लाव लश्कर के साथ, उन्हें अपने मूढ़े पर बैठे देखना। उनके साथ सुनीता भी होती थी। चल एक बार घटनास्थल देख के आते हैं। लौटकर शराब पियेंगे, रात तो अपनी है।"

प्रशान्त बैठते ही समझ गया था कि शर्मा के अन्दर कुछ चल रहा था और उसका मन शराब में नहीं था। वह भी खड़ा हो गया।

जिसे रामगढ़ के गर्मी के वाशिन्दों ने सनसेट प्वाइंट कहना शुरू कर दिया था, वह दरअसल एक घुमावदार मोड़ था जो तल्ला रामगढ़ जाने वाली सड़क पर आता था। पहाड़ों पर तल्ला मतलब निचला होता है अर्थात् पहाड़ियों के ऊपर बसा क़स्बा मल्ला रामगढ़ था और कुछ किलोमीटर दूर वादियों में बसावट थी तल्ला की। एक सर्पाकार सड़क मल्ला पोस्ट ऑफ़िस के नीचे से तल्ला की तरफ़ जाती थी। इसके कई मोड़ों में से एक को मिसेज़ मेहरोत्रा ने सनसेट प्वाइंट का नाम दे दिया था और उनका मानना था कि वहाँ से सूरज डूबता हुआ दिखता था। इस पचास-साठ फ़ीट के अर्द्धचन्द्राकार मोड़ पर जिसकी सड़क से गहराई बस कुछ इतनी थी कि सड़क पर रफ़्तार धीमी कर मुड़ती हुई गाड़ियाँ उनसे सुरक्षित दूरी बनाकर गुज़र जाती थीं। इसी मोड़ पर गर्मियों में आने वाले शाम को सूरज ढलने के थोड़ा पहले आकर जम जाते। कुछ अपनी कारों से आते और सड़क के किनारे जहाँ पार्किंग की जगह मिलती, वहीं

उन्हें खड़ा कर देते। कुछ टहलते हुए आते। कारों की डिक्कियों में फ़ोल्डिंग, कुर्सियाँ या मोढ़े होते। जिन्हें पैदल आना होता, उनमें से कुछ अपने परिचितों की गाड़ियों में अपने बैठने का सामान रखवा देते थे। कुछ अगल-बग़ल की चट्टानों पर बैठ जाते। इस तरह डेढ़-दो घण्टे की महफ़िल जमाने का इन्तज़ाम हो जाता। राजनीति से लेकर खाने-पीने तक के तमाम विषयों पर बातचीत होती, कई बार सुनाये गये लतीफ़ों पर ठहाके लगते, एक-दूसरे की टाँगें घसीटी जातीं और हल्का अँधेरा होते-होते किसी काल्पनिक सूर्यास्त को देखने का उपक्रम करते लोग विसर्जित होते।

वे जब सनसेट प्वाइंट पहुँचे तो पहाड़ों की शान्त स्थिर रात का गहरा अँधेरा वहाँ पसरा हुआ था। पीछे से आने वाली एक टैक्सी की आवाज़ सुनकर वे दोनों सड़क के किनारे चले गये।

सड़क पल-भर के लिए रोशनी से नहायी, प्रकाश के वृत्त पहाड़ियों और घाटियों में डूबे, उतराये और फिर सीधे होकर धीरे-धीरे लुप्त हो गये। एक बार फिर सब कुछ सन्नाटे में डूब गया। वे उसी धुप्प अँधेरे में चलकर सनसेट प्वाइंट तक पहुँचे। यह ख़तरनाक ढंग से मुड़ने वाली जगह थी जो मोड़ पर कुछ चौड़ी थी और आस-पास चल रहे निर्माणों का मलबा फेंककर जिसे कुछ और चौड़ा कर दिया गया था।

प्रशान्त के साथ शर्मा सन्नाटे में थोड़ी देर चुपचाप चौराहे पर खड़ा रहा। वह अपने मोबाइल की टॉर्च जलाकर ज़मीन पर उकड़ूँ बैठ गया और आँखों से ज़्यादा हाथों से ज़मीन का मुआयना करता रहा। प्रशान्त दिलचस्पी से उसे कुछ चीज़ें एक तरफ़ इकट्ठी करता देखता रहा। थोड़ी देर तक यही होता रहा और फिर बटोरी गयी वस्तुओं का एक ढेर बनाकर शर्मा ने सड़क के एक किनारे कर दिया और बोला–"इन्हें देखना।"

जब तक प्रशान्त कुछ समझता, शर्मा पहाड़ के ऊपर चढ़ने लगा। अपने मोबाइल की टॉर्च की कमज़ोर रोशनी में वह उस ख़तरनाक पगडण्डी पर चढ़े जा रहा था जो एकदम पहाड़ के किनारे से होकर गुज़रती थी और जिससे सटी हुई गहरी खाई थी। ज़रा-सा पैर फिसले और आदमी गहरे खड्ड में। केवल अभ्यस्त पहाड़ी ही उसका इस्तेमाल करते थे। ऊपर दो-तीन मकान थे और उन तक पहुँचने के लिए मैदानी सैलानी तो लम्बा चक्कर काटकर अस्पताल के सामने से जाते। पहाड़ी की चढ़ाई चीड़ के ऊँचे-ऊँचे दरख़्तों से भरी हुई थी। उनके नीचे की ज़मीन पीरूल से पटी हुई थी। चीड़ की इन पत्तियों में तेल होने के कारण इनके नीचे कोई वनस्पति नहीं उगती और फिसलन होने के कारण इन पर सँभाल-सँभालकर पैर रखता हुआ शर्मा ऊपर चढ़ रहा था।

नीचे सड़क के किनारे खड़े प्रशान्त के पास शर्मा के मोबाइल की रोशनी को निहारने के अलावा कोई चारा नहीं था। रोशनी बीच में गुम हो जाती और उसके जलने-बुझने से समझ में आने लगता कि बैटरी डिस्चार्ज होने से बचाने के लिए उसे लगातार जलाने से गुरेज़ किया जा रहा है। नीचे खड़े-खड़े बोर होने के बाद जब उसका धैर्य पूरी तरह जवाब देने जा ही रहा था कि उसने रोशनी को नीचे उतरते देखा। स्वाभाविक रूप से इस बार रफ़्तार कुछ धीमी थी क्योंकि चढ़ने के मुक़ाबले उतरना ज़्यादा सावधानी की माँग करता था। धीरे-धीरे ही सही पर एक अन्तहीन लगने वाली प्रतीक्षा समाप्त हुई और अपनी टॉर्च की रोशनी बुझाता हुआ शर्मा उसके सामने था।

प्रशान्त इतने सालों की मुलाक़ातों से जानता था कि शर्मा से कुछ पूछना बेकार है, जब उसका मूड होगा वह ख़ुद ही बोलेगा। इसलिए वह चुपचाप घुटनों के बल बैठे उसे पहले इकट्ठी की गयी चीज़ों की छँटाई करते देखता रहा। अँधेरे में उसने कुछ चीज़ें उठायीं और उठ खड़ा हुआ।

दोनों ने ख़ामोशी से वापसी की यात्रा शुरू की।

"यह दुर्घटना नहीं है।"

शर्मा की सर्द आवाज़ में जो वाक्य निकला उससे प्रशान्त अन्दर तक हिल गया।

"मतलब...?"

"मतलब साफ़ है, यह क़त्ल है। मैं ऊपर दुर्घटना की सम्भावना जाँचने गया था और मेरी राय में यह दुर्घटना नहीं है।"

"पर उस ग़रीब लड़की की हत्या कौन करना चाहेगा?"

"हत्यारा चूक गया, लड़की तो नाहक मारी गयी।"

"तुम्हें इतना सब कैसे पता है, अभी चार घण्टे भी आये नहीं हुए तुम्हें, तब तो यह भी जानते होगे कि कौन किसकी हत्या करना चाहता था?"

शर्मा हौले-से हँसा, "यही तो नहीं जानता, बहरहाल एक बात कह सकता हूँ कि इस बार का प्रवास दिलचस्प होगा।" और वह ख़ामोश हो गया। प्रशान्त जानता था कि अब वह कुछ नहीं बोलेगा, इसलिए उसने कोशिश भी नहीं की। दोनों ख़ामोशी से शर्मा के घर की तरफ़ बढ़ चले जहाँ गिलासों में उनके ड्रिंक्स उनका इन्तज़ार कर रहे थे।

तीन

शर्मा सुबह उठा तो सर फटा जा रहा था। देर तक पीने और फिर नींद न आने के कारण और देर तक जागने का असर था, उसने बिस्तर छोड़ने से पहले बग़ल में स्टूल पर रखी पानी की बोतल उठायी और गट-गट कर लगभग पूरी ही पी गया। रात-भर वह जिस गुत्थी को सुलझाने में लगा रहा, वह अभी भी वैसी ही अनसुलझी थी जैसी सनसेट प्वाइंट की पहाड़ियों पर खड़े होकर उसके मन में पैदा हुई थी। यह तो पक्का हो गया कि सुनीता की मृत्यु दुर्घटना नहीं थी, जिस जगह वह बैठी थी वहाँ तक सामने की पहाड़ियों से लुढ़ककर कोई बड़ा पत्थर नहीं पहुँच सकता था। रास्ते में कई चीड़ के बड़े और मज़बूत दरख़्त थे जो ऊपर से लुढ़ककर आने वाले किसी भी पत्थर को रोक देते, रास्ता बदल देते या कम-से-कम उसकी रफ़्तार तो धीमी कर ही देते। साफ़ था किसी ने निशाना लगाकर ऊपर से पत्थर ढकेला था। कौन है जिसे सुनीता को मारने में दिलचस्पी हो सकती है? या निशाने पर कोई और था, सुनीता तो ग़लत समय पर वहाँ होने के कारण मारी गयी।

सुबह की चाय ख़त्म करते ही वह वाशरूम में घुसा और जब बाहर निकला तो कुछ फ़ैसले कर चुका था। उसे इतनी जल्दी कहीं निकलने की तैयारी करते देखकर रवि उसके पास आ गया पर वह कोई सवाल करता, शर्मा ने कुछ बोलकर और कुछ इशारों से समझा दिया कि नाश्ता तैयार करने की ज़रूरत नहीं है और वह लंच भी बाहर करेगा। उल्टे-सीधे कपड़े पहनकर वह बाहर निकल आया।

बाहर धूप-छाँह का पहाड़ी खेल चल रहा था। सुबह का उजास गर्माहट भरा था पर सड़क की एक पटरी पर ही धूप की पहुँच बन पायी थी, इसलिए उस पर चलना अच्छा लग रहा था। शर्मा धूप के चकत्तों पर पैर रखते हुए तेज़ी से आगे बढ़ा। सात-आठ साल हो गये थे रामगढ़ में आते हुए, इसलिए रास्ते में कई परिचित चेहरे मिले, उनके अभिवादनों का सरसरी जवाब देते हुए वह तेज़ क़दमों से आगे बढ़ता गया। लगभग आधे किलोमीटर दूर उसकी मंज़िल थी।

यह सड़क से लगभग बीस फ़ीट नीचे टेरेस पर बना एक ख़ूबसूरत कॉटेज था जिसमें पिछले कई सालों से प्रशान्त गर्मियों में डेढ़-दो महीने रुकता था। छोटे-से इस घर की भौगोलिक स्थिति और अन्दर की साज-सज्जा उसे और उसकी पत्नी को इतनी पसन्द थी कि वे हर साल वहीं रुकते। उनका मकान मालिक भी उनकी इस कमज़ोरी को पहचानने लगा था, इसलिए बावजूद इसके कि वे कई महीने पहले ही अपनी बुकिंग करा लेते थे और एडवांस भी भेज देते, वह हर साल किराया अनाप-शनाप बढ़ा देता और झक मारकर प्रशान्त को उसकी शर्तें माननी पड़तीं।

घर के सामने एक छोटा-सा लेकिन ख़ूबसूरत लॉन था और सुबह धूप में किसी को भी उसमें बैठना ख़ुशगवार लग सकता था। शर्मा दोनों की उम्मीद कर रहा था पर प्रशान्त की कुर्सी ख़ाली पड़ी थी और उसकी पत्नी रुचि लॉन में अकेली बैठी एकटक सामने वादियों की ख़ूबसूरती निहार रही थी। उसके सामने मेज़ पर चाय का प्याला पड़ा था और वह प्रकृति के सौन्दर्य में इतनी डूबी थी कि उसे यह अहसास ही नहीं हुआ कि चाय प्याले में पड़ी-पड़ी कब की ठण्डी हो चुकी है।

"गुड मार्निंग, भाभी", कहता हुआ शर्मा जब उधर बढ़ा तो उसने गर्दन घुमाकर देखा, "आइए भाई साहब, इस बार अकेले-अकेले कैसे? सुधा को कहाँ छोड़ आये?"

"आ जायेंगी अगले हफ़्ते तक।" शर्मा को पता था कि दोनों महिलाओं में ख़ूब पटती है और रामगढ़ प्रवास में उनका ज़्यादातर समय साथ-साथ बीतता है। "कहाँ है प्रशान्त? अभी तक सो रहा है।"

"आ गया, सो नहीं रहा हूँ, इतनी अच्छी सुबह सोकर बिताने के लिए नहीं बनी", अन्दर से प्रशान्त उसी समय बाहर निकला।

शर्मा को पता था कि दोनों मियाँ-बीवी प्रकृति-प्रेमी हैं और हमेशा इस समय लॉन में बैठकर प्रकृति निहारने के अलावा चाय के कई-कई कप पीते हैं।

"तुम कैसे इतनी जल्दी उठ गये? या रात-भर सोये ही नहीं, आँखों से तो ऐसा ही लगता है।"

न तो शर्मा ने इस सवाल का कोई जवाब दिया और न ही प्रशान्त को इसका इन्तज़ार था। जितना वह शर्मा को जानता था, उतने से उसे समझ थी कि कल जो कुछ रामगढ़ में घटा है, उसकी तह तक पहुँचे बिना उसे नींद तो क्या कुछ भी अच्छा नहीं लगेगा।

"अरे रुचि, कुछ हम लोगों को भी चाय-वाय मिलेगी?" उसने अपनी पत्नी की तरफ़ देखा और उसके उठकर अन्दर जाते ही सवालिया निगाहें शर्मा के चेहरे पर गड़ा दीं।

“सुनीता किसी दुर्घटना में नहीं मरी, उसका क़त्ल हुआ है।” शर्मा ऐसे बुदबुदाया जैसे ख़ुद से ही बात कर रहा है।

“पर उसे कौन मारेगा? उसकी यहाँ किससे दुश्मनी हो सकती है?”

“उसे किसी ने जान-बूझकर नहीं मारा, वह तो ग़लत समय पर ग़लत जगह होने की वजह से मारी गयी। मरना तो किसी और को था।”

“पर किसे?”

“शायद मिसेज़ मेहरोत्रा को”, शर्मा ने बग़ल में खिले ख़ूबसूरत गुलाब को देखते हुए लापरवाही से कहा।

“क्या...?” प्रशान्त लगभग लड़खड़ा गया, “उन्हें कौन मारना चाहेगा।”

“यही तो पता लगाने तुम्हारे यहाँ आया हूँ।”

प्रशान्त ने उलझन से उसे देखा, “मेरे यहाँ? मैं समझा नहीं।”

“तुम नहीं समझोगे, भाभी को आने दो, वही बतायेंगी।” शर्मा ने लापरवाही से कहा और नीचे फैली वादी की ख़ूबसूरती में खो गया।

प्रशान्त की उलझन और बढ़ गयी पर वह जानता था कि शर्मा से कुछ भी उगलवाना मुश्किल था। जब वह चाहेगा तभी बोलेगा। वह भी प्रकृति को निहारने में लग गया। ख़ामोशी तभी टूटी जब रुचि चाय की ट्रे लेकर आ गयी।

अभी उसने चाय प्यालों में ढालना शुरू ही किया था कि शर्मा की व्यग्र आवाज़ सुनायी दी, लगता था उसके लिए चाय ढल जाने का इन्तज़ार करना भी मुश्किल हो रहा था, “भाभी, मिसेज़ मेहरोत्रा के यहाँ क्या चल रहा है?”

रुचि ने चाय ढालना रोक दिया और उलझन से उसकी तरफ़ देखा।

“मैं समझी नहीं। इस सवाल का मतलब क्या है? उस दिन जब सनसेट प्वाइंट पर दुर्घटना घटी तब तो हम दोनों भी वहीं थे। हम उन्हें गप्प लड़ाते छोड़कर टहलते हुए थोड़ा आगे गये ही थे कि पीछे शोर सुनाई दिया। भागते हुए लौटे तो भयानक दृश्य दिखा। सुनीता...।” उनकी आवाज़ लरज गयी, लगा आगे बोलना सम्भव नहीं रह गया।

शर्मा और प्रशान्त ख़ामोशी से उन्हें चाय बनाते देखते रहे।

“उस दिन अगर पत्थर मिसेज़ मेहरोत्रा को लगता तो...?”

“तो क्या...वे मरतीं। उस जगह पर वे ही तो बैठती थीं, पर यह तो संयोग था...”

“आप तो ईश्वर में विश्वास करते नहीं, मैं तो यही कहूँगी कि भगवान ने उन्हें बचा लिया। बेचारी सुनीता दुर्घटना में मारी गयी।”

"ये दुर्घटना नहीं थी, भाभी", अपना प्याला उठाते हुए शर्मा ने लापरवाह अन्दाज़ से कहा तो रुचि के हाथ से प्याला गिरते-गिरते बचा, प्रशान्त इस वाक्य को सुन चुका था, इसलिए तटस्थ भाव से शून्य में ताकता रहा।

"यह मिसेज़ मेहरोत्रा को क़त्ल करने की पूरी कोशिश थी पर दुर्भाग्य से सुनीता मारी गयी।" शर्मा ने वाक्य ख़त्म करते ही चाय की चुस्की लेनी शुरू कर दी।

"आप जानती हैं कि मिसेज़ मेहरोत्रा को कौन मारना चाहता है", शर्मा ने चुहल के अन्दाज़ में कहा तो रुचि ने असहज अन्दाज़ में उसकी तरफ़ देखा।

"रुचि जानती है? क्या कह रहो हो तुम?" पत्नी के पहले पति ने ही आश्चर्य से पूछा।

शर्मा दोनों की बेचैनी का कुछ देर तक तो आनन्द लेता रहा, फिर बोला, "देखिए जो भी मिसेज़ मेहरोत्रा को रास्ते से हटाना चाहता है, वह कोई क़रीबी ही हो सकता है और क़रीबियों को एनी से ज़्यादा कौन जानता होगा।"

इससे ज़्यादा बोलने की उसे ज़रूरत नहीं पड़ी। रुचि और प्रशान्त दोनों उसका आशय समझ गये। पूरे रामगढ़ में एनी के रुचि से सबसे अधिक सम्बन्ध थे। वह दिन में अक्सर मिसेज़ मेहरोत्रा को खाना खिलाकर रुचि के पास आ जाती है। दो-तीन साल पहले जब उसकी एक बड़ी बहन भी काम की तलाश में रामगढ़ आ गयी थी तो रुचि ने ही उसे अपने यहाँ रख लिया था। छोटी बहन अपना काम निपटाकर यहीं आ जाती और दोनों गप्पें लड़ातीं। अपनी मालकिन के व्यवहार से बड़ी बहन इतनी ख़ुश थी कि वापस लौटने के बाद भी बीच-बीच में फ़ोन से सम्पर्क में रहती है। वह तो वापस जाकर फिर कभी रामगढ़ नहीं लौटी पर एनी गर्मियों में मिसेज़ मेहरोत्रा के साथ आती और मौक़ा मिलते ही रुचि से मिलने ज़रूर आती।

"ठीक है, अगर एनी आज आती है तो उससे जानकारी हासिल करूँगी। मगर मुझे पूछना क्या है?"

"बहुत छोटी-छोटी बातें...मसलन मिसेज़ मेहरोत्रा के परिवार में कैसा चल रहा है...किसी से झगड़ा तो नहीं है...सबसे बड़ा सवाल कि उनके मर जाने में किसकी दिलचस्पी हो सकती है या कि उनके न रहने पर किसे फ़ायदा होगा? एनी चूँकि उनके साथ दिन-रात रहती है इसलिए स्वाभाविक है, कि उसी के पास सबसे अधिक जानकारी भी होगी।"

"आप तो भाईसाहब, मुझे गोपीचन्द जासूस बनाकर छोड़ेंगे..." रुचि हँसी, "देखती हूँ कि आज एनी आती है या नहीं।"

"उसे तो आज आना ही पड़ेगा, मुझे नहीं पता कि जो उन्हें मारना चाहता है वह हमें कितना समय देगा? किसी भी तरह उसे बुलाइए?"

"अच्छा बाबा, कोशिश करती हूँ।" कहकर रुचि उठी और अन्दर चली गयी।

शर्मा प्रशान्त के साथ चाय पीने के साथ-साथ गप्प लड़ाता रहा पर उसे पता था कि उसके साथ-साथ अब प्रशान्त की भी दिलचस्पी रुचि के लौटने में है। दोनों को बताने की ज़रूरत नहीं पड़ी कि रुचि अन्दर एनी से बात करने ही गयी है।

रुचि लौटी तो मुस्करा रही थी, "बड़ी मुश्किल से फ़ोन उठाया उसने, सुबह-सवेरे काम भी बहुत होता है उसे। दोपहर दो बजे आयेगी वह।"

"वाह भाभी, आपने तो आधा काम कर दिया।" कहते हुए शर्मा उठ खड़ा हुआ।

"पर तू अचानक कहाँ चल दिया?" हैरानी से प्रशान्त ने पूछा।

"मुझे बैठे-बैठे कुछ ज़रूरी काम याद आ गया। रात में तेरे साथ व्हिस्की पियूँगा।"

प्रशान्त जानता था कि उसे रोकने का कोई मतलब नहीं था। वह चुपचाप उसे जाते देखता रहा।

शर्मा निकला तो उसे नहीं पता था कि उसकी मंज़िल किधर है। घर से निकलते ही मुख्य सड़क थी जो रामगढ़ बाज़ार, जिसे स्थानीय निवासी स्टेशन भी कहते हैं, से आती थी और पहाड़ की उतराई पर गिरती हुई तल्ला रामगढ़ की तरफ़ चली जाती थी। बिना कुछ सोचे उसने तल्ला की दिशा पकड़ ली। यह तो कुछ क़दम चलने के बाद उसकी समझ में आया कि उसका अवचेतन उसे सनसेट प्वाइंट ले के जा रहा है। अगले दस मिनटों में वह उस जगह पर था जहाँ कल देर शाम वह प्रशान्त के साथ आया था लेकिन अँधेरा हो चुकने के कारण अच्छी तरह से देख नहीं पाया था।

सनसेट प्वाइंट एक अन्धा मोड़ था जहाँ सड़क चौड़ी थी और सर्पाकार ढंग से मुड़ती थी। मल्ला से तल्ला जाते समय कई जगह सड़क इतने ख़तरनाक रूप में नीचे भागती थी कि गाड़ियाँ लामुहाला धीमी हो ही जाती थीं। शर्मा ने उस चौड़े हिस्से का ग़ौर से मुआयना करना शुरू कर दिया जहाँ लोग एक ख़ास तरतीब में बैठते थे। कुल मिलाकर वह इतनी बार बैठा है वहाँ और शाम को आने वाले की बैठने की जगह इस हद तक निर्धारित है कि वह खड़े-खड़े अन्दाज़ा लगाता रहा कि कौन कहाँ बैठा रहा होगा। बैठने के स्थान किसी ने तय नहीं किये थे पर हर आने वाला आदतन एक ख़ास जगह की तरफ़ बढ़ता है। सभी नियमित लोग अपने बैठने के लिए फ़ोल्डिंग चेयर, छोटे मूढ़े या ऐसा ही कोई प्रबन्ध करके लाते थे। मिसेज़ मेहरोत्रा और फ़ॉरेस्ट वाले सक्सेना कारों से आते थे और उनकी कारों की डिक्कियों

में लोगों ने अपनी फोल्डिंग कुर्सियाँ रखी हुई होती थीं, उन्हीं को निकालकर लोग बैठते और चलते समय वापस डिक्की में रख देते।

शर्मा ने थोड़ी देर रुककर उस स्थान का मुआयना किया जहाँ मिसेज़ मेहरोत्रा बैठा करती थीं। कल तो अँधेरा हो गया था पर आज सब कुछ स्पष्ट नज़र आ रहा था। बैठने वाली जगह सड़क से थोड़ा हटकर एक घुमावदार समतल ज़मीन थी जिसके ठीक पीछे इमारती मलबा डाला गया था और उसके फलस्वरूप एक दस-बारह फ़ीट लम्बी दीवार-सी बन गयी थी और पीछे से गहरी वादी शुरू होती थी। बैठने के स्थान के सामने पहाड़ियाँ थीं। वादी में और पहाड़ियों पर लम्बे, पुराने चीड़, देवदार और बांज के दरख़्त थे।

घाटी में सघन लेकिन पहाड़ियों पर विरल थे ये वृक्ष। मिसेज़ मेहरोत्रा वाली जगह पर खड़े-खड़े उसने ऊपर वाली जगह का मुआयना किया। सामने पहाड़ी पर चीड़ के पेड़ ही अधिक थे और इस साल गर्मियों की आग में सभी झुलसे-से नज़र आ रहे थे, ख़ासतौर से उनके तने नीचे से दस-दस बारह-बारह फ़ीट तक जल गये थे। कुछ की पत्तियाँ भी झुलस गयी थीं। अब मानसून में इन पर हरियाली लौटेगी। थोड़ी देर तक इलाक़े को देखने-परखने के बाद वह एक बार फिर उसी निर्णय पर पहुँचा जिस पर कल रात पहुँचा था कि सुनीता की मृत्यु दुर्घटना नहीं थी। पहाड़ी पर से लुढ़कता कोई पत्थर रास्ते के पेड़ों को बचाता हुआ सीधे मिसेज़ मेहरोत्रा की सीट पर नहीं आ सकता था। रास्ते में दरख़्तों की स्थिति ऐसी थी कि किसी भी दशा से तेज़ रफ़्तार से बड़े पत्थर बैठने वाली जगह पर नहीं आ सकते थे।

यह हत्या थी और किसी ने पेड़ों को बचाते हुए पत्थर लुढ़काया था और अगर हत्या थी तो हमला सुनीता पर नहीं मिसेज़ मेहरोत्रा पर हुआ था। हत्यारा भी रामगढ़ में ही होगा और जल्द ही फिर प्रयास करेगा। शर्मा का दिमाग़ तेज़ रफ़्तार से दौड़ रहा था।

वह लगभग दौड़ता हुआ-सा अपने घर की तरफ़ बढ़ा। हालाँकि रवि को वह बताकर आया था कि वह नाश्ता या लंच घर पर नहीं लेगा और उसे डर था कि रवि अपने घर चला न गया हो पर यह देखकर उसकी जान में जान आयी कि वह अभी तक घर की साफ़-सफ़ाई कर रहा था। शर्मा को अन्दर आते देखकर वह थोड़ा चौंका ज़रूर पर अपने मालिक की आदतों से वाक़िफ़ होने के कारण उसने कुछ पूछा नहीं और फ़र्नीचर की डस्टिंग में लगा रहा।

"रवि, देखो कोई गाड़ी फ़ौरन मिल सकती है क्या? चार घण्टे के लिए चाहिए...अभी...फ़ौरन।"

रवि हाथ का काम छोड़कर बाहर निकल गया। बाहर सिग्नल कुछ बेहतर था। उसे पता था कि रामगढ़ में कौन-कौन-से लोग अपनी कारें टैक्सियों के रूप में चलाते थे। छोटे-से क़स्बे में रोज़गार का यह एक लोकप्रिय माध्यम था, ख़ासतौर से टूरिस्ट सीजन में। बहुत सुबह-सवेरे थोड़ा मुश्किल ज़रूर था पर तीन-चार जगह फ़ोन घुमाने के बाद एक ड्राइवर मिल ही गया। पैसा ज़रूर ज़्यादा माँग रहा था पर शर्मा ने रक़म सुनते ही जैसे सर हिलाया, रवि ने उसे फ़ौरन गाड़ी लगाने को कह दिया।

जब तक गाड़ी लगी, शर्मा ने अपने कपड़े बदलकर ख़ुद को शाम तक के लिए तैयार कर लिया।

कार में बैठते ही उसने कहा, "भवाली।"

ड्राइवर चल पड़ा, वह पहले भी शर्मा की सेवा कर चुका था, इसलिए उसके अभिवादन का उत्तर देते ही शर्मा ने अपनी आँखें बन्द कर लीं।

बन्द आँखों के बावजूद शर्मा का दिमाग़ तेज़ रफ़्तार से दौड़ रहा था। उसके पास समय कम था और ऐसे समय स्वाभाविक ही था कि उसे इंस्पेक्टर नेगी याद आया। भवाली थाने का इंचार्ज नेगी कई बार उसका मातहत रह चुका था। एक बार तो जब वह ख़ुद उत्तर प्रदेश के एक महत्त्वपूर्ण थाने का प्रभारी था तो नेगी उसका सेकेंड ऑफ़िसर था। बाद में जब उत्तर प्रदेश बँटा तो पहाड़ी होने के नाते नेगी उत्तराखण्ड चला गया और शर्मा वहीं रह गया, तब भी दोनों के सम्बन्ध बने रहे। होली-दीवाली पर नेगी उसे बधाई देता और शर्मा भी उसकी लड़की की शादी में शरीक होना नहीं भूला था। जब छह महीने पहले उसे नेगी का फ़ोन मिला कि उसकी तैनाती भवाली थाने में हो गयी है तो उसे बड़ी ख़ुशी हुई थी और उसने तय किया था कि रामगढ़ प्रवास के दौरान वह नेगी से मिलने भवाली ज़रूर जायेगा। पर यह मुलाक़ात इतनी हड़बड़ी में होगी, इसकी उन दोनों में से किसी को उम्मीद नहीं थी।

शर्मा आँखें मूँदे पिछली सीट पर अधलेटा शान्त पड़ा रहा और गाड़ी सर्पाकार सड़क पर दौड़ती रही। रामगढ़ और भवाली के बीच पच्चीस मिनट का सफ़र जब तक ख़त्म हुआ उसका दिमाग़ साफ़ हो चुका था। उसने भवाली क़स्बे में घुसते ही ड्राइवर को गाड़ी नैनीताल रोड पर बढ़ाने के लिए कहा। वे मुख्य बाज़ार को पीछे छोड़ते हुए आगे बढ़े, आबादी ख़त्म होते ही बायीं तरफ़ गेट पर अर्द्धचन्द्राकार बोर्ड दिखा जिस पर लाल-नीले पेंट से लिखा कोतवाली भवाली चमक रहा था। गाड़ी लगभग आधे किलोमीटर चली कि सड़क के दाहिनी तरफ़ पुराना जीर्ण-शीर्ण पर अपने में इतिहास छिपाये हुए भवाली सैनिटोरियम का लम्बा-चौड़ा परिसर दिखायी दिया। उसके इशारे पर ड्राइवर ने कार सैनिटोरियम परिसर के अन्दर ले ली।

अपनी बदहाली पर आँसू बहाते परिसर में पार्किंग की जगह तलाशते ड्राइवर को छोड़कर शर्मा बाहर उतर आया।

"तुम पार्क करो, मैं मिलकर आता हूँ।"

वह तेज़ी के साथ रैम्प जैसी चढ़ाई पर चढ़ता हुआ मुख्य भवन की तरफ़ बढ़ा और जैसे ही अपने ड्राइवर की नज़रों से ओझल हुआ, तेज़ी से एक टूटी बदहाल इमारत का चक्कर लगाकर मुख्य द्वार से बाहर निकल गया। कनखियों से देखने पर पता चला कि ड्राइवर अभी भी बेतरतीब खड़े दो और चार पहिया वाहनों के बीच अपनी गाड़ी के लिए पार्किंग की जगह बना रहा था।

बाहर निकलते ही शर्मा फिर क़स्बे की तरफ़ मुड़ा। उसने मोबाइल निकालकर नेगी का नम्बर डायल किया, पूरी घण्टी बजी और किसी ने कॉल नहीं ली। उसे कोई आश्चर्य नहीं हुआ। भवाली जैसे थाने के इंचार्ज की क़िस्मत में रात में जल्दी सोना नहीं लिखा होता, इसलिए इतनी सुबह उसका फ़ोन न उठाना स्वाभाविक था। उसने फिर नम्बर डायल किया। पूरी घण्टी बजी और कटी। तीसरी बार रिंग जाने पर फ़ोन उठा और उधर से एक महिला स्वर सुनायी दिया, "नमस्ते सर जी, ये बाथरूम में हैं। बाहर निकलते ही बात कराती हूँ।" फ़ोन रख दिया गया। शर्मा मुस्कराया, नेगी की पत्नी ने फ़ोन स्क्रीन पर उसका नाम देखकर फ़ोन उठा तो लिया पर उसकी आवाज़ सुनकर अपनी वर्षों पुरानी हड़बड़ाहट छोड़ नहीं पायी थी। उसने फिर कॉल किया। फ़ोन उठते ही उसने पुराने अन्दाज़ में कहा "बेटा, मैं तुम्हारे घर दो मिनट में पहुँच रहा हूँ। तुम सिर्फ़ मेरे लिए एक कप चाय बनाकर रखो। आलोक को डिस्टर्ब मत करना। उसे आराम से अपने काम निपटाने दो।" शर्मा ने अगले को फ़ोन रखने का मौक़ा नहीं दिया और मुस्कराते हुए फ़ोन रख दिया।

वह चलते-चलते बात कर रहा था और फ़ोन कटते ही उसने अपनी रफ़्तार बढ़ा दी। सैनिटोरियम और कोतवाली में आधा किलोमीटर से भी कम का फ़ासला था, जल्दी ही वह उसके गेट पर था। नेगी ने उसे फ़ोन पर बताया था कि वह थाने के परिसर में थानाध्यक्ष के सरकारी आवास में रहता था। सुबह-सवेरे अभी थाने में सन्नाटा पसरा और गेट पर खड़ा सन्तरी उसे उत्सुक निगाहों से तौल रहा था। अभी वह सन्तरी के क़रीब पहुँचकर परिचय देने की सोच ही रहा था कि उसे सामने से एक सिपाही दौड़कर आता दिखा। मतलब नेगी की पत्नी सक्रिय हो गयी थी। सिपाही के जयहिन्द कहते ही सन्तरी भी सावधान हो गया।

थानाध्यक्ष का आवास पुराना ज़रूर था पर हाल में की गयी पुताई से चमक रहा था। ख़ुद ऐसे मकानों में वर्षों रह चुकने के चलते उसे अन्दर के नक़्शे का पूरा

पता था, घुसते ही एक छोटा-सा कमरा था जो बैठक का काम करता था, शर्मा बिना किसी के कहे वहाँ पड़ी बेंत की कुर्सियों में से एक पर बैठ गया। सामने मेज़ पर पड़े अख़बार को उठाकर उसने पढ़ना शुरू ही किया था कि माथे पर साड़ी का आँचल सँभालते हुए जो महिला उसका पैर छूने को झुकी उसे बिना अख़बार हटाये ही शर्मा समझ गया कि नेगी की पत्नी है।

"ख़ुश रहो, बेटा", उसने हड़बड़ाकर पैर पीछे खींच लिया, "आलोक को आराम से तैयार होने दो, तब तक मैं अख़बार देखता हूँ।"

अभी अख़बार पर नज़रें दौड़ाते उसे चन्द मिनट ही गुज़रे होंगे कि "जयहिन्द सर" का परिचित अभिवादन सुनायी दिया। सर उठाकर देखा तो सामने भवाली का थानाध्यक्ष आलोक नेगी खड़ा मुस्करा रहा था। शर्मा ने खड़े होकर हाथ बढ़ाया पर नेगी के दोनों हाथ चाय की ट्रे सँभालने में व्यस्त थे, इसलिए उसके कन्धे थपथपाते हुए हाथ नीचे कर लिये।

शुरुआत तो हालचाल के औपचारिक वाक्यों से हुई पर नेगी भाँप गया कि शर्मा कुछ अनमना-सा जवाब दे रहा था। जितना वह सामने वाले को जानता था, उसमें यह समझना मुश्किल नहीं था कि मामला न सिर्फ़ कुछ और था बल्कि गम्भीर भी था।

"क्या बात है सर जी, कुछ सीरियस लग रहे हो।"

शर्मा ने बिना लाग लपेट के कहा, "तुम्हारे इलाक़े में एक क़त्ल हुआ है। नेगी और दूसरा होने वाला है।"

नेगी जानता था कि बीच में टोकने का फ़ायदा नहीं है, नाटकीयता शर्मा की आदत है। वह ख़ामोशी से अगले वाक्य का इन्तज़ार करता रहा।

"तुमने पूछा नहीं कि किसका क़त्ल हुआ? दो दिन पहले तुम्हारी चौकी रामगढ़ के क्षेत्र में एक दुर्घटना हुई थी जिसमें दिल्ली से आयी एक बूढ़ी औरत की नौकरानी मारी गयी थी। यह दुर्घटना नहीं थी, बल्कि हत्या थी।"

अब चौंकने की बारी नेगी की थी। उसे दो दिन पहले चौकी इंचार्ज रामगढ़ का फ़ोन आया था कि ऊपर पहाड़ से पत्थर लुढ़कने से एक नौकरानी की मृत्यु हो गयी है। वह ख़ुद जाना चाहता था पर चौकी इंचार्ज के बार-बार समझाने पर कि यह एक दुर्घटना का मामला है और उसके आने की कोई ज़रूरत नहीं है, वह रुक गया। थाने की डेली रिपोर्ट में भी एक दुर्घटना की ख़बर उच्चाधिकारियों को भेजी गयी।

"पर उस ग़रीब लड़की को कौन मारना चाहेगा?"

"उसे कोई नहीं मारना चाहता था, वह तो ऐन उसी वक़्त उस जगह पर होने

के कारण मारी गयी जहाँ पर मिसेज़ मेहरोत्रा को होना चाहिए था। जिसे मारने का प्रयास किया गया वह तो बच गयी।"

नेगी चुपचाप सुनता रहा, वह शर्मा को ख़ूब जानता था और उसे पता था कि बोलने का कोई फ़ायदा नहीं है। शर्मा अपने ख़ास नाटकीय अन्दाज़ में ख़ुद ही सब बतायेगा।

अगले आधे घण्टे तक शर्मा बोलता रहा और पिछले दो दिनों में जो कुछ घटा था, उसके बारे में बताता रहा। नेगी ओम प्रकाश शर्मा, जिन्हें नौकरी के दौरान ओ.पी. शर्मा के नाम से सब पुकारते थे, के साथ कई बार नौकरी कर चुका था, पहली बार जब वह सब-इंस्पेक्टर था तो एक थाने में जहाँ वे इंस्पेक्टर-इंचार्ज के तौर पर तैनात थे और बाद में जब डिप्टी एस.पी. बने तो उनकी सर्किल में कई थानों में थानाध्यक्ष के रूप में काम किया था। जब शर्मा चुप हुआ तो नेगी समझ गया था कि उसके पुराने बॉस का दिमाग़ अभी भी उतना ही तेज़ है जितना उसने नौकरी के दौरान देखा था और यह भी स्पष्ट हो गया कि मामला न सिर्फ़ संगीन था बल्कि फ़ौरन हरकत की माँग करता था।

दोनों देर तक बातें करते रहे और उन्होंने एक ऐक्शन प्लान तय किया। इस बीच नेगी ने रामगढ़ के चौकी इंचार्ज को भी टेलीफ़ोन कर फ़ौरन थाने पर आने को कह दिया था और वह बाहर इन्तज़ार कर रहा था, उसे भी अन्दर बुला लिया गया। नेगी ने शर्मा का परिचय देकर पूरा मामला उसे समझाया। तय यह हुआ कि घटनास्थल के आस-पास कोई अतिरिक्त गतिविधि नहीं की जायेगी और वहाँ शर्मा अकेले ही तफ़्तीश को आगे बढ़ेगा। चौकी इंचार्ज रामगढ़ सतर्क रहेगा और शर्मा से सिर्फ़ फ़ोन पर सम्पर्क करेगा। वह कुछ दिनों तक अपने इलाक़े से कहीं दूर नहीं जायेगा और जैसे ही ज़रूरत पड़ेगी, शर्मा की मदद के लिए पहुँच जायेगा।

नेगी और उसकी पत्नी ने बहुत ज़िद की पर शर्मा भोजन के लिए नहीं रुका। समय कम था और रामगढ़ में कभी भी उसकी ज़रूरत पड़ सकती थी। वह गृहिणी से इजाज़त लेकर उठा और तेज़ क़दमों से थाने के बाहर निकल गया।

चार

वह वापस घर पहुँचा तो दोपहर हो चुकी थी। उसके घर के टेरेस पर पहाड़ की गुनगुनी धूप पसरी हुई थी। उसने रास्ते से फ़ोन कर दिया था, इसलिए रवि दरवाज़े खोलकर उसका इन्तज़ार कर रहा था।

"खाना लगाऊँ?"

"लगाओ।"

रवि ऐसी स्थितियों का आदी था। जब शर्मा घर से निकलता था यह कहकर कि वह खाने की मेज़ पर नहीं होगा पर अचानक लौट आता था। इसलिए फ्रिज में हमेशा कुछ-न-कुछ रखा होता और शर्मा के अप्रत्याशित लौटने पर भी रवि पेट भरने लायक़ भोजन गर्म करके लगा ही देता। आज भी यही हुआ। मुँह चलाने के अन्दाज़ से ही रवि समझ गया कि यह तो सिर्फ़ फ़र्ज़ अदायगी है और उसके साहब के मन-मस्तिष्क में कुछ और चल रहा है। उसे कुछ अजीब नहीं लगा कि लंच के बाद आदतन लेटने के बजाय शर्मा बाहर निकल गया लेकिन फ़ौरन ही वापस आ गया। उसके लिए यह बेचैनी भी कोई अजूबा नहीं थी। लेटते समय शर्मा ने ख़ुद को यह कहकर सफ़ाई-सी दी, "वे लोग भी तो इस वक़्त आराम कर रहे होंगे।"

बिना कुछ बताये रवि समझ गया कि बात प्रशान्त सर की हो रही है। वही एक परिवार था जिससे शर्मा दम्पति की इतनी बेतकल्लुफ़ी थी कि वहाँ कभी भी जाया जा सकता था।

अपने बेडरूम में शर्मा लेटा ज़रूर पर उसका ध्यान घड़ी पर ही लगा रहा। उसने कपड़े भी नहीं बदले। चार बजे प्रशान्त और रुचि चाय पीते हैं, तब तक पहाड़ों की धूप चली जाती थी, इसलिए वे ड्राइंगरूम में ही बैठते थे। अभी एक घण्टे से अधिक समय बाक़ी था, इसलिए वह बिस्तर पर करवटें बदलता रहा। समय जैसे रुक-सा गया था। पौने चार बजते-बजते वह बिस्तर से कूदकर बाहर आ गया।

प्रशान्त का घर सड़क के नीचे था इसलिए ऊपर से झाँकने पर साफ़ हो गया कि वहाँ अभी पूरी तरह से सन्नाटा था। वैसे भी अभी चार बजने में कुछ मिनट बाक़ी थे। शर्मा उसी सड़क पर थोड़ा और आगे टहलता बढ़ गया। बेचैनी से थोड़ा ही आगे जाकर फिर लौट आया। घड़ी की सूई चार बजा ही रही थी कि वह रैम्प से नीचे उतर आया।

"आइये श्रीमान जी, ऊपर सड़क पर क्या आवारागर्दी कर रहे थे।" शर्मा झेंप गया, वह भूल ही गया था कि इस घर के दूसरे कमरे की खिड़की से सड़क का कुछ हिस्सा हल्का-फुल्का दिखता था।

प्रशान्त दम्पति ने मुस्कराकर उसकी झेंप मिटाने की कोशिश की।

"बैठ जाइए भाई साहब, हम आपकी आदत जानते हैं। मैं तो चार के पहले ही आपकी उम्मीद कर रही थी, इसलिए मेड को भी जल्दी बुला लिया था। आप बैठिये, चाय तैयार है।"

सोफ़े पर बैठते ही चाय आ गयी और साथ गरमागरम पकौड़ों की एक बड़ी प्लेट।

"अरे आपने तो इतनी सारी तैयारियाँ कर रखी हैं।" वाक्य तो रुचि को सम्बोधित किया गया था पर उत्तर दिया प्रशान्त ने, "भाई हमें पता था कि तुम देर तक बैठोगे तो तैयारी भी उसी हिसाब से की गयी थी।"

शर्मा के कान खड़े हो गये, इनके पास बहुत सूचनाएँ हैं, वह ख़ामोशी से एक छोटी प्लेट में पकौड़ियाँ निकालकर पति-पत्नी में से किसी एक के बोलने की प्रतीक्षा करने लगा।

ज़्यादा देर तक इन्तज़ार नहीं करना पड़ा। चाय का पहला सिप लेकर रुचि ने बात शुरू की, "भाई साहब, दोपहर में एनी आयी थी। वह दो बजे अपनी मालकिन को खाना खिलाकर और आराम करने के लिए बेडरूम में लिटाकर आयी और आपके आने के थोड़ी देर पहले ही गयी है।"

रुचि पकौड़ी उठाने के लिए रुकी, उसने देखा कि दोनों पुरुष एकटक उसे ही देख रहे हैं और उसके बोलने का इन्तज़ार कर रहे हैं।

एक-दो पकौड़ियाँ चाय की प्लेट में रखकर उसने जो बोलना शुरू किया तो उसे होश ही नहीं रहा कि कब उसके प्याले की चाय और प्लेट की पकौड़ियाँ रखे-रखे ठण्डी हो गयीं और कब उसके हाथ से प्याला और प्लेट लेकर प्रशान्त ने उन्हें सामने की सेंट्रल टेबुल पर रख दिया।

मिसेज़ मेहरोत्रा की कहानी ज़्यादातर घरों की कहानियों की तरह ही थी। पिछले कुछ वर्षों से विधवा मिसेज़ मेहरोत्रा का समय दो बेटों और एक बेटी के साथ कट रहा था। वे दिल्ली में एक कोठी में अकेले रहती थीं, तीनों बच्चे अलग कोठियाँ बनाकर रहते। पति मिस्टर रतनलाल मेहरोत्रा ने शुरू के कुछ वर्षों तक वायु सेना में अफ़सरी की थी, फिर एक दुर्घटना में लगी चोट की वजह से रिटायरमेंट लेकर रक्षा मन्त्रालय में ही सप्लायर बन गये। स्टेशनरी से शुरू करके हवाई जहाज़ों और हेलीकॉप्टरों की ख़रीद-फ़रोख़्त में हाथ आज़माने लगे। ख़ूब कमाई की और ख़ूब ठाठ से रहे। दोनों बेटों ने अलग-अलग धन्धों में हाथ आज़माये और दोनों सफल व्यापारी साबित हुए। बेटी की ससुराल भी एक बड़े व्यापारी घराने में हुई।

मेहरोत्रा दम्पति को घूमने का शौक़ था जो विरासत में उनके बच्चों को भी मिला। एक बार पूरा परिवार पहाड़ घूमने आया तो रामगढ़ देखकर मुग्ध हो गया। मेहरोत्रा साहब को तो जगह इतनी पसन्द आयी कि उन्होंने वहाँ एक रिहाइशगाह बनाने की घोषणा कर दी। शुरू में तो मिसेज़ मेहरोत्रा की समझ में मकान बनाने का औचित्य समझ में नहीं आया और व्यवसायी बेटों ने भी पहाड़ पर इतना पैसा ख़र्च कर मकान बनाने का विरोध किया। बड़े बेटे ने कहा कि मकान बनाने पर जो ख़र्च होगा, उसका आधा भी उसे दे दिया जाये तो वह उसके ब्याज से ही पूरे परिवार को दो महीने पहाड़ घुमाता रहेगा। मेहरोत्रा साहब ने किसी की नहीं सुनी और फिर एक तुरुप का इक्का और चल दिया। बग़ल के भवाली में गुरु जी का आश्रम भी तो है। सब जानते थे कि मेहरोत्रा परिवार के लिए गुरु जी का कितना महत्त्व था।

मेहरोत्रा साहब के माता-पिता जब तक जीवित रहे, हर साल गुरु जी के आश्रम में जाते रहते थे और हफ़्तों सत्संग करके लौटते थे। उनके साथ कभी-कभी बालक मेहरोत्रा भी जाता। चार-छह सालों में गुरु जी भी दिल्ली आते और मेहरोत्रा परिवार के साथ ही रुकते। उन दिनों गुरु जी के दिल्लीवासी भक्तों की भीड़ लग जाती। जब से मिसेज़ मेहरोत्रा इस परिवार में ब्याह कर आयीं तभी से वे देखती आयी थीं कि घर की बैठक में एक बड़ी-सी फ़ोटो लटकी रहती थी। रोज़ एक माली इस तस्वीर के नीचे रखे स्टूल पर ताज़े फूल चढ़ा जाता था। नहा-धोकर उनके सास-ससुर पहला काम करते कि गुरु जी की फ़ोटो के सामने फूल चढ़ाते, थोड़ी देर आँखें बन्दकर वह भजन गुनगुनाते जो उनके आश्रम में प्रात: गाया जाता और फिर उनकी दिनचर्या शुरू होती। जिन दिनों पहाड़ पर मकान बनाने की योजना चल रही थी, उन दिनों मेहरोत्रा साहब का आश्रम जाना कुछ ज़्यादा ही बढ़ गया था। वे जब भी रामगढ़ आते तो गुरु जी से मिलने भवाली ज़रूर जाते। कभी मिसेज़ मेहरोत्रा भी साथ होतीं

पर अक्सर वे अकेले ही होते। जब गुरु जी ने शरीर त्याग दिया तब भी मेहरोत्रा साहब साल के एक निश्चित समय आश्रम ज़रूर आते।

तब तो पहाड़ों पर जो बाहरी लोग भी मकान बनाते, वे बहुत बड़े नहीं बनाते और पहाड़ी स्थापत्य का ध्यान रखते, पर मेहरोत्रा साहब का पंजाबी स्वभाव और व्यापारी पैसा यहाँ बोला। उन्होंने अपने परिवार के सभी सदस्यों को ध्यान में रखकर चार बेडरूम का एक बड़ा मकान रामगढ़ की एक पहाड़ी ख़रीदकर बनाया। जितना निर्मित एरिया था उतना ही बड़ा उसके सामने लॉन के लिए खुला छूटा था जो पहाड़ियों पर होने और उसके ठीक नीचे घाटी होने के कारण डेक का सा अहसास कराता था। पूरा परिवार नियमित पहाड़ों पर आता और काफ़ी वक़्त यहाँ बिताता। इस बीच बेटी की शादी हो गयी और इत्तेफ़ाक़ से उसे भी एक ऐसा पति मिला जो घूमने का शौक़ीन था। बेटी माँ-बाप की दुलारी थी, सो उन्होंने रामगढ़ का मकान उसी के नाम कर दिया।

कुछ दिनों तो ठीक-ठाक चला पर बेटों की शादी के बाद चीज़ें बदलने लगीं। पहले बड़े की शादी हुई और कुछ ही दिनों में मेहरोत्रा दम्पति को अहसास हुआ कि अब सब कुछ पहले जैसा नहीं रह गया है। कुछ दिनों बाद ही छोटे की शादी हुई तो साफ़ हो गया कि रामगढ़ का मकान ननद के नाम किये जाने से बहुएँ क़तई सन्तुष्ट नहीं थीं। कुछ दिन तो लोक-लाज के चलते दबे स्वर में बातें हुईं पर धीरे-धीरे बेटे-बहू सभी मुखर होने लगे। उन दिनों कुछ ऐसा हुआ कि मेहरोत्रा साहब का काम-धन्धा भी मन्दा पड़ने लगा था और ऊपर से परिवार की खिच-खिच से वे और परेशान हो गये। मेहरोत्रा दम्पति ने काफ़ी सोच-विचार के तय किया और अपने व्यापार और सम्पत्ति का बँटवारा कर दिया। दोनों बेटों को दिल्ली में मकान तो दिये ही, बेटी की तरह एक-एक मकान रामगढ़ में भी देने का वायदा कर लिया। बड़े बेटे ने तो बहन के सामने ही ज़मीन ख़रीद कर मकान बना लिया पर छोटे ने उसी पैसे से गोवा में घर ले लिया।

इस सारे विवाद से और कुछ हुआ हो या नहीं, मेहरोत्रा साहब बददिल ज़रूर हो गये। धीरे-धीरे वे अपने कारोबार से भी हाथ समेटने लगे। मिसेज़ मेहरोत्रा यह बदलाव देख रही थीं। साल में केवल चन्द दिन वे चहकते थे और ख़ुश रहते थे और ये दिन थे जब उन्हें गुरु जी के आश्रम जाना होता था। भवाली वे अकेले ही जाते और मिसेज़ मेहरोत्रा रामगढ़ में रुक जातीं। आश्रम जाने के कुछ दिनों पहले से और लौटने के कुछ दिनों बाद तक वे चहकते रहते, पर बाक़ी समय थके-थके-से उदास अपने कमरे में पड़े रहते।

इन्हीं दिनों उनके घर में एनी का प्रवेश हुआ। इसके पहले उसकी मौसी वहाँ काम करती थी। पिछले तीन दशकों से वह काम कर रही थी और लगभग परिवार के सदस्य की तरह रह रही थी। छत्तीसगढ़ के एक सुदूर गाँव से आयी बाल विधवा मौसी मेहरोत्रा परिवार में इतना घुल-मिल गयी थी कि किसी को भी याद नहीं था कि वह आख़िरी बार कब अपने गाँव गयी थी। गाँव से उसकी बहन की बेटी एनी ही साल-दो साल में उसके पास आती रहती थी और मेहरोत्रा परिवार को इतने क़रीब से जानने लगी थी कि चार साल पहले जब मिसेज़ मेहरोत्रा का फ़ोन आया कि मौसी नहीं रही और उसे दिल्ली बुलाया गया तो एनी या परिवार को फ़ैसला करने में कोई दिक़्क़त नहीं हुई। एनी के परिवार में सिर्फ़ उसकी विधवा माँ ही थी, उसे अकेले छोड़कर कैसे आती, सो इस समस्या का हल भी मिसेज़ मेहरोत्रा ने यह निकाला कि दोनों माँ-बेटी को ही अपने यहाँ बुला लिया। सर्वेंट्स क्वार्टर था ही, दोनों वहीं रहतीं। बेटी घर में काम करती और कभी-कभार जब मेहमानों की भीड़ हो जाती तो माँ भी हाथ बँटाती।

एनी आयी और फिर अपनी मौसी की तरह मिसेज़ मेहरोत्रा की होकर रह गयी। जिन दिनों वह आयी थी, मेहरोत्रा साहब का ज़्यादा वक़्त बिस्तर पर ही बीतता था। छोटी-मोटी शारीरिक बीमारियों से जितने परेशान थे, उससे अधिक दिमाग़ी तौर से टूटे नज़र आते थे। उनके अपने तीनों बच्चे साथ नहीं थे तो पत्नी के साथ एनी को बिठाकर दुखड़ा रोते रहते। जिन बच्चों के लिए उन्होंने इतना किया, वे सम्पत्ति के लिए कुत्ते-बिल्लियों की तरह लड़ रहे थे। अक्सर उनमें से कोई आ धमकता और मेहरोत्रा साहब के कमरे में अपने को बन्द कर लेता और फिर अन्दर से ज़ोर-ज़ोर से बोलने की आवाज़ें आतीं। उस समय एनी को कमरे में आने की इजाज़त नहीं होती। मिसेज़ मेहरोत्रा ही बाहर निकलतीं, उनकी आँखें डबडबा रही होतीं और थोड़ी देर बाद कुछ खाने-पीने की चीज़ें लेकर कमरे में चली जातीं और कमरे का दरवाज़ा एक बार फिर बन्द हो जाता।

बातचीत से तो सिर्फ़ इतना समझ में आता कि मेहरोत्रा साहब ने बेटों को एक-एक मकान ज़रूर बनवा दिया था पर वे इससे सन्तुष्ट नहीं थे। उन्हें नाराज़गी थी कि बहन के लिए रामगढ़ में मकान क्यों बनाया गया। उनके अनुसार, उसकी शादी के वक़्त जो दहेज़ दिया गया था, वही काफ़ी था। वे चाहते थे कि अब उसके लिए कुछ नहीं होना चाहिए और अब पिता को अपनी वसीयत लिखवा देनी चाहिए। मेहरोत्रा साहब के पास कितना नगद है और उनकी सम्पत्ति देश-विदेश में कहाँ-कहाँ फैली हुई है, सिर्फ़ उन्हें और मिसेज़ मेहरोत्रा को ही सही-सही पता था। बेटे महज़ अनुमान

लगा सकते थे। मेहरोत्रा साहब को अन्दर से चेतावनी मिल गयी थी कि अब उनके पास बहुत वक़्त नहीं बचा है। उन्हें मिसेज़ मेहरोत्रा के भविष्य की चिन्ता थी और बेटों पर क़तई भरोसा नहीं था, इसलिए वे उनके जीते-जी बेटों को सब कुछ सौंपने के लिए तैयार नहीं थे। फिर जितना दुःख बेटों ने दिया था और जिस तरह हर ज़रूरत पर बेटी खड़ी दिखती, स्वाभाविक था कि उनका रुझान उसकी तरफ़ ही ज़्यादा था। बेटे भी जानते थे कि अगर उनका वश चला तो सब कुछ बेटी के नाम कर देंगे।

एनी परिवार में नौकरानी थी लेकिन मिसेज़ मेहरोत्रा उस पर इतना भरोसा करने लगी थीं कि अक्सर उसके सामने वह सब कुछ कह डालती थीं जो आमतौर से घर के सदस्यों के सामने ही कहा जाता है। उनकी बातों से एनी को आभास हुआ कि मेहरोत्रा साहब ने उनके भविष्य को ध्यान में रखते हुए जगह-जगह पैसा छिपा रखा है, जिसे उनके बेटे नहीं जानते और हर हालत में उसे हासिल करना चाहते हैं।

एनी के बताने से स्पष्ट था कि मेहरोत्रा साहब ने काफ़ी निवेश शेयरों या दूसरे रूपों में कर रखा था और बेटे उनका विवरण जानने को बेचैन थे। रोज़-रोज़ उनके झगड़ों से मेहरोत्रा दम्पति इतने ऊब गये थे कि उनमें से किसी के आने की आहट पाते ही मेहरोत्रा साहब तो अपने कमरे में सोने का बहाना बनाकर लेटे रहते और मिसेज़ मेहरोत्रा भी घर-भर में मुँह छुपाती फिरतीं। पर बेटे भी डट जाते और फिर माँ-बाप को उनसे बात करनी ही पड़ती। हर बार बन्द कमरे में एक ही नाटक दोहराया जाता। अन्दर से ज़ोर-ज़ोर से बोलने की आवाज़ें आतीं, बीच में मिसेज़ मेहरोत्रा अपनी आँखें पोंछते निकलतीं और कुछ खाने-पीने का सामान ट्रे में लेकर अन्दर चली जातीं। इस समय एनी का उस कमरे में प्रवेश वर्जित होता।

शर्मा को रुचि के विवरण से काफ़ी कुछ काम की सूचनाएँ मिल गयी थीं पर अभी भी कुछ रिक्त स्थान थे जिन्हें भरा जाना था। उसने रुचि को धन्यवाद दिया और प्रशान्त को शाम के ड्रिंक्स के लिए निमन्त्रित करते हुए उठ गया।

पाँच

"आप में से किसी ने मार्खेज़ का उपन्यास '**लव इन द टाइम ऑफ़ कालरा**' पढ़ा है क्या?"

जिस समय रानो जी ने यह सवाल पूछकर सनसेट प्वाइंट पर बैठे लोगों के चेहरों पर नज़र दौड़ानी शुरू की, लगभग तभी शर्मा और प्रशान्त टहलते हुए वहाँ पहुँचे थे। अभी वे अपने बैठने के लिए जगह तलाश ही रहे थे कि रानो जी का सवाल हवा में तैरता हुआ उनके कानों से टकराया। मिसेज़ सुदेश कपूर उर्फ़ रानो जी यानी रामगढ़ की महफ़िलों की आत्मा। 75 पार कर रही मिसेज़ सुदेश कपूर का पूरा नाम इस क़स्बे में इक्का-दुक्का लोग ही जानते थे, वे छोटे-बड़े सबके लिए रानो जी ही थीं। जोश से भरपूर और हर समय हँसने-हँसाने वाली रानो जी ने वर्षों पूर्व अपने व्यापारी पति कपूर साहब को खो दिया था और रामगढ़ में मकान बनाने वाली अपनी दो बेटियों में से किसी एक के साथ बारी-बारी से रहती थीं। हालाँकि उन्होंने हाल में ही आना शुरू किया था पर कम समय में ही वे यहाँ की महफ़िलों की जान हो गयी थीं।

आज मिसेज़ मेहरोत्रा की नौकरानी की दुर्घटना में मृत्यु के बाद पहला दिन था जब रामगढ़ के प्रवासी सनसेट प्वाइंट पर फिर इकट्ठा हुए थे। उस बुरी घटना को भुलाने के लिए भी रानो जी की क़िस्सागोई मदद करेगी, ऐसा कई लोगों का मानना था।

"तुझे पता है कि मैं तेरी तरह भारी-भरकम चीज़ें नहीं पढ़ती। अपन के लिए फ़ेसबुक और व्हाट्सऐप ही काफ़ी हैं। मार्खेज़ कैसे याद आ गया।"

सबसे पहले मिसेज़ मेहरोत्रा का जवाब आया।

बाक़ी बैठे किसी ने उत्तर तो नहीं दिया पर कुछ सिर नकार की मुद्रा में ज़रूर हिले। अभी तक सात-आठ स्त्री-पुरुष वहाँ एकत्रित हो चुके थे, रोज़ से दो-तीन कम ज़रूर थे पर धीरे-धीरे वे भी आ जायेंगे। ज़्यादातर ने तो मार्खेज़ का नाम ही नहीं सुना था और एक-दो ने सुना ज़रूर था पर पढ़ा तो किसी ने भी नहीं था। बहरहाल सबको

यह पता था कि अगर रानो जी कुछ सुना रही हैं तो वह दिलचस्प ही होगा, इसलिए पूरी तरह से ख़ामोशी छा गयी और सभी एकटक उनके बोलने का इन्तज़ार करने लगे।

"पिछले कई दिनों से उपन्यास का एक प्रसंग याद आ रहा है...सुनेंगे...बोर तो नहीं होंगे आप लोग..." किसी ने कोई जवाब नहीं दिया, वे रानो का स्वभाव जानते हैं, अब अगर उन्होंने शुरू कर दिया है तो सुनाकर ही मानेंगी। वैसे भी पर्वतप्रेमी रामगढ़ के उन सैलानियों में से ज़्यादातर का गम्भीर पढ़ने-लिखने से कोई सम्बन्ध भी नहीं था।

"यह कहानी है लैटिन अमेरिका के एक देश की, जहाँ समुद्र जैसी विशाल नदियों ने उसे छोटे-बड़े द्वीपों में बाँट रखा था। इन नदियों में जहाज़नुमा बड़ी नावों का इस्तेमाल पर्यटन और व्यापार के रूप में होता था। पर्यटकों को घुमाने वाली नावें छोटे-मोटे जहाज़ जैसी होती थीं जिनकी दो मंज़िलों पर सौ से कुछ अधिक यात्री आराम से सफ़र कर सकते थे। कहानी एक प्रतिष्ठित जहाज़रानी कम्पनी की एक ऐसी ही आरामदेह यात्री नौका की है जो पर्यटकों को विभिन्न द्वीपों पर नियमित रूप से ले जाती है। इस नौका का मार्ग और अलग-अलग द्वीपों पर पहुँचने का समय भी निर्धारित है। कुशल और विनम्र क्रू द्वारा संचालित यह नौका सैलानियों में इस क़दर लोकप्रिय है कि कुछ तो बार-बार इसी नाव पर अपनी छुट्टियाँ बिताने आते हैं। इन्हीं प्रशंसकों में से एक जोड़ा ऐसा भी था जो चालीस सालों से एक निश्चित समय पर एक अलग-थलग से द्वीप पर कुछ समय बिताने के लिए आता रहा है। उनकी यात्रा इतनी निश्चित है और वे इतना टिप देते थे कि एक ख़ास यात्री नाव के कर्मी हर साल उनकी प्रतीक्षा करते हैं।"

सारे सैलानी श्रोता एकटक रानो जी को सुन रहे हैं। उनके कहने का अन्दाज़ कितना निराला है, इसे वे अच्छी तरह से जानते हैं। जिन फ़िल्मों को महफ़िल के श्रोता कई बार देख चुके होते थे, उनकी कहानियाँ सुनाते समय भी वह नाटकीयता के साथ इतना कुछ जोड़ती घटाती थीं कि सुनने वालों को लगता कि वे एकदम नयी कहानी सुन रहे हैं। ख़ामोशी-से उन्होंने रानो जी को बोलने दिया।

"जहाज़ पर वे अपने में ही डूबे रहते हैं...बहुत कम अपने कमरे से बाहर निकलते हैं...ज़रूरी होने पर ही किसी दूसरे मुसाफ़िर से बात करते हैं...यहाँ तक कि बाहर डेक पर पूरी रात एक-दूसरे का हाथ पकड़े बैठे तो अक्सर देखा गया पर उन्हें आपस में बतियाते कम लोगों ने सुना है। हर साल वे मार्च के शुरू में आते हैं और दस दिन जहाज़ में बिताकर वापस चले जाते हैं। उनके आने के पहले ही उनका इन्तज़ार शुरू हो जाता है। द्वीप के बाशिन्दे, नाविक और नियमित यात्री उनकी बातें

करने लगते हैं जो उनकी वापसी के बाद भी महीनों तक ख़त्म नहीं होतीं। आस-पास के द्वीपों में प्रेमी जोड़े उनके उदाहरण देते हैं और अक्सर क़समें खाते हैं कि वे भी अपना हनीमून इन्हीं की तरह मनाएँगे और हर साल दस दिन दीन-दुनिया से बेख़बर सिर्फ़ अपने लिए रखेंगे...।"

रानो थोड़ी देर के लिए चुप हो गयीं। शर्मा ने देखा कि वे अपने दुपट्टे से बायीं आँख का कोर पोंछ रही थीं। रामगढ़ में उनकी क़िस्सागोई मशहूर है। गर्मियाँ बिताने आने वालों में वही अकेली हैं जिनका कुछ सम्बन्ध पढ़ने-लिखने से है। हर बार अपने साथ ढेर किताबें लेकर आती हैं और जब भी उनके घर जाओ कुछ-न-कुछ पढ़ती दिखती हैं। अक्सर सनसेट प्वाइंट पर कोई-न-कोई दिलचस्प प्रसंग छेड़ देती हैं और लोग मन्त्रमुग्ध होकर सुनते हैं। ख़ासतौर से उनके कहने का अन्दाज़ इतना रोचक है कि सुनने वाले उसे बार-बार सुनना चाहते हैं। सुनाते समय वह ख़ुद कथा का एक पात्र बन जाती हैं। रामगढ़ में उनकी दोनों बेटियों के मकान हैं, ख़ुद कलकत्ते में रहती हैं, गर्मियों में बेटियों में से किसी के मकान में बारी-बारी से रुकती हैं। कोई क़िस्सा सुनाते हुए जब वे ख़ुद ड्रामाई अन्दाज़ में संवाद बोलने लगती हैं, हाथ-पैर झटकाकर या मुख मुद्रा से श्रोताओं को बतरस में डूबने को मजबूर कर रही होती हैं, बेटियों में से कोई सगर्व बताती है कि मम्मी अपने जवानी के दिनों के रंगमंच की मशहूर अदाकारा रही हैं।

"मैं जिस साल का क़िस्सा सुनाने जा रही हूँ, वह उनका आख़िरी साल था। किसे पता था कि इसके बाद वे कभी नहीं आयेंगे। वे अपने तय समय पर आये... लोग उनका इन्तज़ार कर रहे थे...कैप्टन, इंजीनियर, बैरे, कुक...सभी उनकी बाट जोह रहे थे। बन्दरगाह से लेकर जहाज़ तक सब कुछ पूर्व निर्धारित था। पिछले कई सालों से उनका सामान उठाकर लाने वाले कुली के कन्धे झुक ज़रूर गये थे पर वह एक-एक क़दम मज़बूती से रखता हुआ बिना लड़खड़ाये जहाज़ के दरवाज़े तक पहुँच गया। उनका टेलीग्राम समय से मिल गया था और डेक पर कैप्टन उनका इन्तज़ार कर रहा था। उन्हें देखते ही वह दो बुके लेकर उनकी तरफ़ बढ़ा। मुस्कराते हुए दोनों को बुके देकर उसने एक हाथ से उन्हें कोने में रखे सोफ़े पर बैठने का इशारा किया और उनके बैठते ही उसके हाथ के दूसरे इशारे ने बैंड को सक्रिय कर दिया। वे उनकी पसन्द-नापसन्द से इस क़दर वाक़िफ़ थे कि बिना कुछ कहे बैंड ने उनकी पसन्दीदा धुनें बजायीं और एक बैरा पुरुष के लिए ब्रांडी और स्त्री के लिए ब्लैक कॉफ़ी लेकर आ गया। जब तक उन्होंने अपने पेय ख़त्म किये, क़ुली सामान उनके लिए बुक सूट में रख आया था। उसे किसी से पूछने की ज़रूरत नहीं पड़ी।

हर साल वे इसी सूट में रुकते थे। इसकी आधी दीवालों से बड़ी तीन खिड़कियों से समुद्र अपनी पूरी विशालता में दिखता था। पेय समाप्त करते ही वे उठ खड़े हुए। कैप्टन उन्हें सूट के द्वार तक छोड़ने गया और अभिवादन कर वापस लौट गया। उसे पता था कि अपनी निजता में वे किसी की दख़लन्दाज़ी पसन्द नहीं करते। उनके कमरे से कभी किसी ने ऊँचे स्वर में आती कोई आवाज़ नहीं सुनी और न ही उन्हें जहाज़ के दूसरे मुसाफ़िरों से घुलते-मिलते देखा गया। वे सिर्फ़ रात्रि-भोज के लिए डेक पर आते, कभी-कभार बैंड की धुन पर नाचते भी पर अधिकतर तो रेलिंग के किनारे कुर्सियों पर बैठे एक-दूसरे के हाथों में हाथ डाले समुद्र निहारते रहते। दिन-भर कमरे में सफ़ाई करने या खाने-पीने का सामान लेकर जाने वाले बैरों ने भी उन्हें बड़ी खिड़कियों के पास कुर्सियों पर इसी तरह एक-दूसरे का हाथ पकड़े समुद्र की विशालता में खोये ही देखा था।

इस बार भी सब कुछ पिछले सालों की तरह ही चल रहा था। इस जोड़े को जहाज़ पर आये सातवाँ दिन था और यदि सब कुछ ठीक-ठाक रहता तो तीसरे दिन वे दोपहर बाद, जब जहाज़ अपने अगले पड़ाव पर लंगर डालता, कैप्टन से औपचारिक विदा लेकर उतर जाते।

उस दिन रात अभी पूरी तरह से जवान नहीं हुई थी और बैंड ने दूसरी धुन बजानी शुरू ही की थी कि डेक पर बैठे एक जोड़े की चीख़ उसकी आवाज़ से भी ऊपर निकल गयी। इस जोड़े ने बैठने के लिए एक अँधेरा और रेलिंग से सटा कोना चुना था। प्रेम में डूबे और आस-पास से बेख़बर उनकी नज़र भी उस तेज़ रफ़्तार नौका पर नहीं जाती जो ख़तरनाक ढंग से उनके जहाज़ की तरफ़ बढ़ी चली आ रही थी, अगर वह सीधे उनके क़रीब वाले हिस्से से न टकराती। उनकी चीख़ के साथ ही इंजन के केबिन से ख़तरे का सायरन भी अपनी पूरी कर्कशता के साथ बजने लगा। पर तब तक देर हो चुकी थी और किसी को भी सँभलने का मौक़ा दिये बिना जल-दस्युओं ने लूटपाट शुरू कर दी थी।

दूसरे दिन जब सूरज अभी पूरी तरह से चढ़ा नहीं था और उस विशाल पाट वाली नदी के किनारे की एक बस्ती उनींदी आँखों से अपना दिन शुरू कर रही थी, लोगों की नज़रें इस डगमगाती चाल वाले जहाज़ पर पड़ी। यहाँ से दिन-भर जहाज़ गुज़रते रहते थे, इसलिए किसी का विशेष ध्यान उन पर जाये, यह ज़रूरी नहीं था पर इसमें कुछ ख़ास था कि जिस पहले व्यक्ति की नज़र इस पर पड़ी, उसने शोर मचाना शुरू कर दिया।

जहाज़ पूरी तरह से अनियन्त्रित और बेढंगी रफ़्तार से आड़े-तिरछे चल रहा था। किनारे से दूर होने के कारण डेक पर क्या कुछ घट रहा था, इसे समझ पाना थोड़ा मुश्किल था। लोग ठिठके खड़े थाह लेने की कोशिश कर रहे थे कि अचानक एक लकड़हारे ने शोर मचाना शुरू कर दिया। दरअसल पेड़ की डाल छिनगाने के चक्कर में वह थोड़ी ऊँचाई पर था और उसकी नज़र डेक की फ़र्श पर पड़ गयी। अगर जहाज़ की चाल अस्वाभाविक न होती तो शायद वह मान लेता कि देर रात तक चली शराब के चक्कर में मुसाफ़िर डेक पर फ़र्नीचर गिराते हुए अपने शयनकक्षों में जाकर बेसुध सो रहे हैं और जो कुछ धड़ फ़र्श पर लुढ़के दिख रहे थे, वे नशे में अपने केबिन तक न पहुँच सकने वाले किसी मुसाफ़िरों के हैं। पर जैसे ही जहाज़ कुछ क़रीब आया और चीज़ें साफ़ दिखनी शुरू हुईं, उसकी चीख़ निकल गयी। डेक पर तमाम लोग बेतरतीब पड़े थे और उनकी भंगिमा से साफ़ था कि उनमें कोई जीवित नहीं था।

बस्ती मछुवारों की थी और थोड़ी ही देर में दर्जनों नावें जहाज़ की तरफ़ झपटीं। कुछ ही घण्टों में पुलिस की मोटर बोट भी आ पहुँची। पूरे जहाज़ में सिर्फ़ दो लोग जीवित मिले—वे भी बुरी तरह से ज़ख़्मी थे। इनमें एक चालक दल का सदस्य था और एक मुसाफ़िर। दोनों उस मृत जोड़े को इस अर्थ में जानते थे कि क्रू का सदस्य पिछले बीस वर्षों से उन्हें जहाज़ पर ले जाता रहा है और अब तो वह अपनी वार्षिक छुट्टियों को भी ऐसे तय करता था कि जोड़े के आगमन पर वह जहाज़ पर ही हो। वे जिस उदारता से सारे कर्मियों को इनाम इकराम देते थे, उसके चलते वही नहीं सभी कर्मचारी उनकी यात्रा के समय वहाँ रहना ही चाहते थे। घायल मुसाफ़िर एक व्यापारी था जो अपने धन्धे के सिलसिले में इस जहाज़ से साल में कई बार यात्रा करता था और पिछली कुछ यात्राओं में उनका सहयात्री बनता रहा था।"

रानो जी ने क्षण-भर के लिए विश्राम लिया, एक उड़ती नज़र श्रोताओं पर डाली और अपना चश्मा उतारकर अपनी आँखें दुपट्टे से पोंछना शुरू किया तो न जाने क्यों मिसेज़ मेहरोत्रा को आभास हुआ कि उनकी आँखें नम हैं। कहानी की शुरुआत में भी एक बार यही लगा था। उन्होंने रानो को हमेशा खिलन्दड़े अन्दाज़ में देखा था, कहानी सुनाते समय उनके भावुक होने से उन्हें कुछ अजीब-सा लगा।

"पुलिस ने पूरे जहाज़ की तलाशी ली और जो सबसे चौंकाने वाला तथ्य उनके हाथ लगा, वह इस जोड़े की शिनाख़्त से सम्बन्धित था। जहाज़ के रजिस्टर में दर्ज उनका पता एक सौ सत्तर मील दूर के एक छोटे-से शहर का था। उस पते

पर उसी दोपहर एक तार भेजा गया और देर शाम तक उसका उत्तर भी आ गया। उस पते पर इस नाम का कोई दम्पति नहीं रहता था। अर्थात् चालीस सालों से वे एक झूठी शिनाख़्त के सहारे दस दिन साथ गुज़ार रहे थे। सामानों की तलाशी से पुलिस को उनके सही नाम-पते भी मिल गये। उन पतों के सहारे एक खोजी पत्रकार ने बड़ी दिलचस्प कथा गढ़ डाली। दोनों शादीशुदा थे और अपने-अपने परिवारों में सुखी जीवन बिता रहे थे। दोनों दादा-दादी बन चुके थे। कुछ साल पहले स्त्री के पति की मृत्यु हो गयी थी और अब वह अकेली रहती थी। पुरुष उसके घर से पौने तीन सौ मील दूर दूसरे शहर में अपनी पत्नी के साथ रह रहा था। दोनों के रिश्तेदार और पड़ोसी सिर्फ़ इतना बता सके कि बसन्त की शुरुआत के दिनों में हर वर्ष वे अपने घरों से दस दिनों के लिए ग़ायब हो जाते थे। मृतक की पत्नी के अनुसार पुरुष हर बार व्यापार के सिलसिले में किसी ज़रूरी मीटिंग का बहाना बनाता था और यह तो उसे पति की मृत्यु के बाद अहसास हुआ कि हर साल इस मीटिंग की एक ही तारीख़ होती थी। दरअसल पति उसे इतना प्यार करता था कि चालीस सालों के लम्बे दाम्पत्य जीवन में उसे एक बार भी सन्देह नहीं हुआ कि उसका पति उसे धोखा दे रहा है। पुरुष की एक बेटी उसी शहर में थोड़ी ही दूर रहती थी। खोजी पत्रकार के बार-बार याद दिलाने पर उसे यह तो याद आया कि उसका पिता बसन्त के आस-पास कुछ दिनों के लिए कहीं बाहर चला जाता था पर इसमें उसे कभी कुछ भी अस्वाभाविक नहीं लगा और न ही उसकी याद में कभी उसकी माँ ने ही इस पर कभी कोई झगड़ा-टण्टा खड़ा किया था। यह दम्पति उस छोटे-से शहर में आदर्श जोड़े के रूप में जाना जाता था और लड़ना-झगड़ना तो दूर उन्हें किसी ने ऊँचे स्वर में बात करते भी नहीं सुना था। इसी तरह स्त्री, जिसका पति कुछ सालों पहले ही मरा था, हर साल एक बार दस दिनों के लिए घर से बाहर जाती थी, कारण पति के न रहने पर कोई नहीं बता सका...दम्पति निस्सन्तान थे और पड़ोसी क़समें खा-खाकर यह ज़रूर बताते रहे कि उन्होंने हमेशा इस जोड़े को एक-दूसरे से प्यार करने वाले और एक-दूसरे का ख़याल रखने वाले जोड़े के रूप में जाना था। शहर के लोग उनका एक आदर्श दम्पति के रूप में उदाहरण देते थे।"

रानो जी चुप हो गयीं। वही क्या सभी चुप हो गये। गर्मियों की वह ख़ुशगवार पहाड़ी शाम जब सूरज अभी डूब ही रहा था, उदास हो गयी।

रोज़ का नियम था कि जब बातचीत का एक दौर ख़त्म होता था, श्रोताओं में से कुछ दो-तीन के समूह में या कुछ अकेले ही टहलने निकल पड़ते। आज भी कुछ बूढ़ों को छोड़कर शेष निकल पड़े।

शर्मा और प्रशान्त भी टहलने के लिए उठ खड़े हुए। उठते-उठते शर्मा ने दोनों बूढ़ी औरतों की तरफ़ नज़र डाली तो उसे लगा कि दोनों की पलकें गीली थीं। उसने देखा कि दोनों अपनी आँखें पोंछ रही थीं। औरतें होती ही हैं भावुक...उसने सिर झटका और प्रशान्त के साथ टहलने निकल पड़ा।

छह

गुसलख़ाने में घुसे हुए शर्मा को झुँझलाहट होने लगी। कपड़े उतारते ही बाहर फ़ोन की घण्टी बजने लगी थी। वह एक लम्बी सैर से लौटा था और इस समय पसीने में डूबा शावर के नीचे खड़ा हुआ ही था कि पहली घण्टी बजी। हल्का गुनगुना पानी उसके शरीर को जिस तरह के सुख से सरोबार कर रहा था, उसका बिल्कुल मन नहीं हुआ कि वह बाहर निकलकर फ़ोन सुने। घण्टी रुक-रुककर बजती रही। अचानक उसे लगा कि मामला कुछ गम्भीर है क्योंकि बाद की दो रिंगटोन कुछ भिन्न थीं। शर्मा को लगा कि यह तो प्रशान्त का फ़ोन हो सकता है, उसी को यह रिंगटोन आवण्टित थी। अभी पन्द्रह मिनट पहले तो वे दोनों जंगलों की सैर में साथ थे और तय-शुदा कार्यक्रम के अनुसार अगले एक घण्टे में प्रशान्त तो उसके घर आने ही वाला था, फिर बार-बार फ़ोन करने का मक़सद क्या हो सकता है ?

उसने शॉवर बन्द किया, तेज़ रफ़्तार से बदन पर सूखा तौलिया रगड़ा और उसी को कमर में लपेटकर ग़ुसलख़ाने के बाहर निकल आया। दरवाज़े के बाहर ही मोबाइल एक स्टूल पर रखा था, उसे चेक करने पर पता चला कि कई मिस्ड कॉल तो एनी और मिसेज़ महरोत्रा की थीं और बाद की दो कॉल प्रशान्त ने की थीं। लगता है, उसका उत्तर न मिलने पर दोनों महिलाओं ने उसे खटखटाया था। मामला कुछ गम्भीर लगता है!

शरीर के पानी से बचाते हुए उसने फ़ोन पर प्रशान्त का नम्बर डायल किया और बिना अधिक इन्तज़ार कराये प्रशान्त दूसरी तरफ़ था।

मामला सचमुच गम्भीर था। प्रशान्त की उत्तेजित आवाज़ सुनायी दी, "कहाँ ग़ायब हो गये भाई, मिसेज़ महरोत्रा के घर से तुम्हें लगातार फ़ोन किया जा रहा है। उनके यहाँ चोरी हुई है। जब वे सनसेट प्वाइंट पर थीं, कोई उनके घर में घुसा था और उनका सारा सामान तहस-नहस करके चला गया।"

प्रशान्त उत्तेजित स्वर में बोलता और शर्मा सुनता रहा। एक-दो सवाल पूछते

ही वह समझ गया कि दूसरी तरफ़ वही सूचनाएँ हैं जो उसे दोनों महिलाओं ने दी होंगी। देर करने से कोई फ़ायदा नहीं, उन्हें मिसेज़ महरोत्रा के घर जाना होगा। उसने प्रशान्त को फ़ौरन अपने यहाँ आने के लिए कहा और फ़ोन काट दिया। शर्मा ने कपड़े पहनने शुरू किये ही थे कि फिर घण्टी बजी और स्क्रीन पर एनी का नाम चमका।

"मैं आ रहा हूँ।" बिना कुछ पूछे उसने कहा और फ़ोन काट दिया।

कपड़े बदलकर वह सड़क पर निकल आया। घर के अन्दर इन्तज़ार करना मुश्किल था पर ग़नीमत हुई कि थोड़ी ही देर में प्रशान्त सामने से आता दिख गया। बिना कोई औपचारिकता निभाये या बोले वे मिसेज़ महरोत्रा के घर की तरफ़ बढ़ चले।

रास्ते से ही शर्मा ने इंस्पेक्टर नेगी को फ़ोन किया। तय हुआ कि चौकी इंचार्ज रामगढ़ फ़ौरन घटनास्थल पर पहुँचकर उसे सुरक्षित करने की कोशिश करेगा और घण्टे-भर के अन्दर ही भुवाली से इंस्पेक्टर नेगी भी पहुँच जायेगा।

मिसेज़ महरोत्रा की कोठी में अन्दर-बाहर भीड़-सी थी। रामगढ़ के लिए थी भी यह नितान्त अनहोनी घटना। दूसरे पहाड़ी क़स्बों की तरह यहाँ भी सालों में कभी कोई चोरी जैसी वारदात होती थी। बाहर से आने वाले सैलानी भी शुरू के कुछ दिनों शहरी सतर्कता बरतते, फिर धीरे-धीरे लापरवाह होने लगते। घरों के हर कमरे में ताले लगाने वाले बाहरी दरवाज़े पर साधारण-सा ताला लगाकर और कई बार तो सिर्फ़ हल्के-से भेड़कर बाहर निकल जाते। इस साल तो कुछ ज़्यादा ही हो रहा था। कुछ ही दिन पहले हत्या और अब चोरी! भीड़ का हर सदस्य चिन्तित लग रहा था।

बाहर बरामदे में कुर्सियों पर जो लोग बैठे थे, उनमें मिसेज़ महरोत्रा का बड़ा बेटा भी था। शर्मा को देखते ही झपटता हुआ उसकी तरफ़ बढ़ा, "यह सब क्या हो रहा है सर, लगता है कोई मम्मी के पीछे पड़ा है।"

"परेशान मत हों, महरोत्रा साहब! लगता है, किसी चोर का मन ललचा गया। क्या-क्या गया ?"

बिना उसके उत्तर की प्रतीक्षा किये वह सामने खुले दरवाज़े से घर के अन्दर घुस गया। उसके पीछे-पीछे प्रशान्त भी था। बरामदे से अन्दर घुसते ही ड्राइंग रूम पड़ता था और वह भी भरा हुआ था। मिसेज़ महरोत्रा थीं ही इतनी लोकप्रिय कि रामगढ़ आने वाले प्रवासियों में जिसने सुना, वही उनके घर की तरफ़ लपक पड़ा। उन्हें देखते ही मिसेज़ महरोत्रा खड़ी हो गयीं।

"क्या हुआ, मैडम?"

सवाल पूछा गया मिसेज़ महरोत्रा से लेकिन जवाब दिया एनी ने, "हम लोग सनसेट प्वाइंट पर थे और पीछे-से किसी ने बँगले में घुसकर चोरी कर ली।"

"ज़रा मुझे दिखाओ, किन-किन सामानों को छेड़ा गया है ?"

एनी उन्हें अन्दर लेकर चली। पूरे घर में सब कुछ अस्त-व्यस्त था। बाहरी दरवाज़े पर एक साधारण-सा ताला लगा था जिसे आसानी से तोड़ दिया गया था। अंदर के सारे कमरे तो खुले थे पर उनमें रखी अटैचियाँ लॉक्ड थीं, जिन्हें खोलने के लिये मेहनत की गयी थी और इसका असर भी दिख रहा था। अटैचियाँ टूटी पड़ी थीं। अलमारियाँ और दराज़ों के सामान भी किसी ने बेदर्दी और जल्दबाज़ी में बाहर निकालकर बिखेर दिये थे।

"क्या-क्या गया?" शर्मा ने पूछा तो एनी ने जवाब दिया, "मैडम ने चेक किया और अभी तक तो उन्हें समझ नहीं आया कि क्या-क्या ग़ायब है। इतने लोग घर के अन्दर आ गये हैं कि उन्हें चेक करने के लिये एकान्त ही नहीं मिल पा रहा है। ये जायें तभी मैडम बता पायेंगी कि क्या-क्या गया है।"

"उन्हें धीरे-से अन्दर बुला लाओ, साथ कोई न हो।" शर्मा ने कहा तो एनी ड्राइंगरूम में चली गयी।

मिसेज़ महरोत्रा अन्दर आयीं तो शर्मा उन्हें एक कोने में लेकर चला गया। उनकी बहू भी उनके पीछे आ रही थी पर दरवाज़े पर प्रशान्त सतर्क खड़ा था। उसने उसे बातों में उलझाकर रोक दिया।

"क्या-क्या गया?" शर्मा ने पूछा, "आपने चेक किया?"

"मुझे तो कुछ समझ नहीं आ रहा। ज़ेवर तो मैं लायी नहीं थी, कुछ नगदी ज़रूर अलमारी में कपड़ों के नीचे और उनके बीच में छिपाकर रखी थी, उस तक चोरों की रसाई नहीं हो सकी। उन्होंने कपड़े तो सारे उलट-पुलट डाले पर गुरु जी की कृपा से उनकी नज़र पैसों पर नहीं पड़ी। अभी तक तो समझ नहीं आ रहा कि वे ले क्या गये, हाँ उन्होंने सब कुछ बिखेर ज़रूर दिया। आने के बाद ही एनी ने शोर मचा दिया और भीड़ इकट्ठी हो गयी। अब कुछ एकान्त मिले तो एक बार फिर चेक करूँगी कि क्या कुछ ले गये ?"

"आपने कुछ दस्तावेज़ भी तो घर में रखे थे?"

"मतलब," कुछ उलझन-से मिसेज़ मेहरोत्रा ने शर्मा की तरफ़ देखा।

"मतलब—कोई वसीयत—ज़मीन-जायदाद के कुछ काग़ज़ पत्तर!" उनकी आँखों में आखें डालकर शर्मा ने पूछा।

शर्मा को आभास हुआ कि मिसेज़ महरोत्रा के चेहरे का रंग कुछ उड़ा ज़रूर पर अपने पर नियन्त्रण रखते हुए उन्होंने कहा, "पूरे घर की तलाशी लेने के बाद ही मैं कुछ बता पाऊँगी।"

लगा बाहर कुछ हलचल हुई है। प्रशान्त ने कमरे के अन्दर झाँककर सूचना दी कि चौकी इंचार्ज रामगढ़ बाहर खड़े हैं। शर्मा ने उसे अन्दर भेजने का इशारा किया और मिसेज़ महरोत्रा से जल्दी में दो वाक्य कहे, "अपने काग़ज़ात अच्छी तरह से चेक कर लीजिएगा। मुझे लगता है कि चोर को आपके पैसों से ज़्यादा दस्तावेज़ों में दिलचस्पी है।"

चौकी इंचार्ज एक नौजवान सब-इंस्पेक्टर था। चौकी भुवाली थाने के अन्दर आती थी और उसका परिचय शर्मा से वहाँ के इंस्पेक्टर नेगी ने करा ही रखा था। उसने अन्दर आते ही शर्मा का अभिवादन किया और उत्सुक नज़रों से उसकी तरफ़ देखने लगा।

"आपको थोड़ी देर हो गयी दरोग़ा जी पर इसमें आपकी कोई ग़लती नहीं है। आपको सूचना ही देर से मिली। मैं भी जब पहुँचा तब तक यहाँ भीड़ आ गयी थी। मैंने देखा कि लोगों ने एक-एक दरवाज़ा, खिड़की, अलमारी छू रखी थी, इसलिए अब तो कहीं से फ़िंगर या फ़ुटप्रिंट मिलने की गुंजायश नहीं है। फिर भी आप देख लो। आप तफ़तीश के लिए आज़ाद हैं। नौकर, चाकर, पड़ोसी सब यहीं हैं। मैं चलता हूँ।"

चौकी इंचार्ज को घटनास्थल पर छोड़कर शर्मा और प्रशान्त निकल आये। वे थोड़ी दूर ही चले होंगे कि इंस्पेक्टर नेगी का फ़ोन आ गया। वह आ रहा था। उसने ज़िला मुख्यालय पर फ़ोन कर दिया था। फ़ोरेंसिक लैब की गाड़ी और कुत्ता चल चुके हैं पर हल्द्वानी से यहाँ पहुँचने में उन्हें कुछ वक़्त लगेगा। शर्मा ने सुन लिया और यह जानते हुए भी कि घर में जिस तरह लोग घुसे थे, उसमें किसी गन्ध या उँगलियों के निशान मिलना निहायत नामुमकिन था, उसने नेगी को रोका नहीं। कई बार लोगों को सन्तुष्ट करने के लिए प्रदर्शन भी ज़रूरी होता है। नेगी घटनास्थल का मुआयना करके उसके पास आना चाहता था पर शर्मा ने उसे मना कर दिया। वह नहीं चाहता था कि रामगढ़ में छिपे बैठे हत्यारे को उसके बारे में कोई शक हो।

वे ख़ामोशी से टहलते हुए शर्मा के घर तक पहुँच गये।

"अब..." प्रशान्त ने उत्सुकता से उसे देखा।

"अब क्या, ड्रिंक्स का वक़्त हो गया। अन्दर आ जा, आज तो मेरे यहाँ बैठना था ही।"

दोनों शर्मा के घर के अन्दर चले गये। उसके चेहरे पर जो भाव आ जा रहे थे, उनसे प्रशान्त को उस कशमकश का पता तो चल ही गया था, जो उसके अन्दर चल रही थी पर उसने पूछा कुछ नहीं। कोई फ़ायदा भी नहीं, शर्मा बोलेगा तभी जब चाहेगा।

सात

अगले दिन की सुबह कुछ जल्दी शुरू हुई। अभी सूरज निकला ही था कि कॉल बेल बजी। शर्मा इसकी प्रतीक्षा ही कर रहा था। दरवाज़े के सामने इंस्पेक्टर नेगी खड़ा था। दरवाज़ा खुलते ही अन्दर आ गया। कल ही यह तय हो गया था कि वह ऐसे समय क़स्बे में या शर्मा से मिलने आयेगा जब कम लोगों की नज़र उस पर पड़े। उसे ड्राइंगरूम में बैठाकर शर्मा ग़ुसलख़ाने में घुस गया। बाहर निकला तो नेगी अपने मोबाइल से खेलता दिखा। रवि इतनी सुबह नहीं आता था। शर्मा किचन में घुसा और दो कप चाय बनाकर नेगी की बग़ल में बैठ गया।

"आप भी सर...!" नेगी ने उठने की कोशिश की पर शर्मा ने उसका कन्धा दबाकर बैठा दिया।

"कोई औपचारिकता नहीं, मुझे भी तो चाय पीनी ही थी।"

नेगी ने चाय पीते-पीते मिसेज़ महरोत्रा के घर हुई चोरी के बारे में अब तक की तफ़तीश की प्रगति साझा की। जब तक फ़ोरेंसिक टीम वहाँ पहुँची घटनास्थल पर दर्जनों लोग आ-जा चुके थे। उसे समझ आ गया था कि किसी तरह के उपयोगी फ़िंगर या फ़ुट प्रिंट नहीं मिलेंगे फिर भी उसकी टीम ने ख़ानापूरी के लिये कई जगहों से प्रिंट उठाये। शर्मा की तरह उसे भी मालूम था कि इस तरह की हरकत घरवालों और दूसरे मौजूद लोगों को यह विश्वास तो दिला ही देती है कि पुलिस तफ़तीश मे गम्भीर है और अपराधी जल्द ही पकड़े जायेंगे। इसी तरह पुलिस के कुत्ते के लिये भी कोई उपयोगी गन्ध मिलने की उम्मीद नहीं थी पर इसके बावजूद पुलिस वाले उसे लेकर इधर-उधर दौड़ते रहे। चौकी इंचार्ज रामगढ़ ने ज़रूर रात-भर मेहनत करके कुछ काम की सूचनायें इकट्ठी की थीं और नेगी ने उन्हे शर्मा के साथ साझा किया। यह भी कि मिसेज़ मेहरोत्रा ने आगंतुकों के जाने के बाद पूरा घर छान डाला, उन्हें कुछ भी ग़ायब नहीं मिला।

शर्मा को इस सूचना से कोई आश्चर्य नहीं हुआ। उसने उम्मीद भी यही की थी। चेहरे पर कोई भाव लाये बिना उसने कहा, "चोर पैसे या ज़ेवर नहीं कुछ और तलाश रहा था ।"

"क्या, तलाश रहा था?" नेगी ने उत्सुकता से पूछा।

शर्मा ने उससे कुछ दिनों पहले एनी द्वारा दी गयी जानकारी साझा की। दोनों सहमत थे कि मिसेज़ मेहरोत्रा की ज़िन्दगी के लिए ख़तरा था। दोनों का शक भी स्वाभाविक रूप से उनके बड़े बेटे और बहू के ऊपर गया पर बिना किसी पुख़्ता सबूत के उन पर हाथ नहीं डाला जा सकता था। पिछले कुछ घण्टों में शर्मा ने मिसेज़ मेहरोत्रा के परिचितों की सूची बना ली थी। उनमें से कई लोग दुर्घटना के फ़ौरन बाद घटनास्थल पर पहुँच गये थे। छोटे-से क़स्बे में विद्युतगति से ख़बर फैली और पुलिस या एम्बुलेंस के आने तक सनसेट प्वाइंट पर भीड़ लग गयी। कुछ लोग काफ़ी देर से मिसेज़ मेहरोत्रा के यहाँ पहुँचे। उनमें उनके बेटा-बहू भी थे। शर्मा ने ऐसे लोगों के नाम और उनके मोबाइल नम्बर नेगी के हवाले कर दिये। उसे दुर्घटना के समय उनकी लोकेशन मालूम करनी थी।

नेगी थोड़ी देर और रुका। वह मौक़े का मुआयना करने सनसेट प्वाइंट तक जाना चाहता था पर शर्मा ने उसे रोक दिया। अगर यह सचमुच हत्या थी तो स्थानीय थानेदार के वहाँ जाने से हत्यारा सावधान हो जायेगा। दोनों ने केस से सम्बन्धित मसलों पर कुछ समय बात की और रवि के आने के पहले ही नेगी वहाँ से निकल गया।

रवि आया तो उसे ड्राइंगरूम में दो जूठे प्याले मिले। उसे पता था कि साहब सुबह दो-तीन कप चाय पीते हैं। आज जल्दी उठ गये और चाय ख़ुद ही बना ली, इसमें उसे कोई ताज्जुब नहीं हुआ। दोनों कप ख़त्म कर साहब बाथरूम में घुस गये लगते थे। उसने एक कप चाय और तैयार की और साहब के बिस्तर के पास ढककर रख आया।

सुबह की सैर के लिए निकलने के पहले रोज़ की तरह शर्मा ने रवि को नाश्ते के मेनू की ताक़ीद की और घर से बाहर निकल गया। अमूमन वह सुबह-सवेरे किसी पहाड़ी सड़क को पकड़कर जंगलों के बीच गुम हो जाता था। कई बार कोई साथी मिल जाता तो कुछ गप्प-सड़ाका हो जाता, नहीं तो अकेले घने देवदार, चीड़, बाज़, बुरांश, आड़ू या अखरोट के दरख़्तों और बिच्छू घास की झाड़ियों के बीच अकेले ही कई किलोमीटर का चक्कर लगाता थक-माँदकर घर लौटता।

आज उसने एक नया रास्ता चुना। यह खड़ी पहाड़ियों के बीच से होता हुआ बस्ती के उस हिस्से की तरफ़ जाता था जो उस दौर में आबाद हुआ था जब अभी

झूतिया, बोहराकोट, उमागढ़ गाँव अपनी पहचान बनाये हुए थे। लोग वहाँ बसने वालों को उन गाँवों के नाम से पहचानते थे। पोस्ट ऑफ़िस गागर में था और अस्पताल भी तब तक नहीं बना था। घने जंगलों के बीच राजा बिशारतगंज की कोठी थी। उस बड़ी हवेलीनुमा कोठी की बिक्री की ख़बर सुनकर किसी एअरलाइन्स के पायलट कैप्टन श्रीवास्तव वहाँ आये और उन पहले बाशिन्दों में से हुए जिनके बसने के कुछ दिनों बाद से इस पूरे इलाक़े को रामगढ़ कहा जाने लगा था। रामगढ़ तो ब्लॉक था जिसके क्षेत्राधिकार में बीसियों गाँव थे पर बाहर से बसने वालों के साथ ही अगल-बग़ल के गाँवों की शिनाख़्त मिटकर रामगढ़ में समा गयी। यह रामगढ़ का ऊपरी हिस्सा था, इसलिए पहाड़ी भाषा की परम्परा में मल्ला कहलाता था और नीचे एक बरसाती नदी के दामन में बसा था तल्ला रामगढ़। शर्मा ने जब भी कैप्टन श्रीवास्तव से पूछा कि वे गोण्डा के मैदानी इलाक़ों को छोड़कर रामगढ़ कैसे पहुँच गये, वे आँखें और हाथ ऊपर उठाकर अस्फुट स्वर में कुछ बुदबुदाये जिसका मतलब यही निकाला जा सकता था कि कोई अदृश्य शक्ति थी जो उन्हें यहाँ खींच लायी थी।

वे ऊपर जिस अदृश्य शक्ति का ज़िक्र करते थे, उसे उनके बाद यहाँ आकर बसने वालों में ज़्यादातर ने प्रकृति माना। पहाड़ की ख़ूबसूरती और मोहक एकान्त से खिंच लोग आते गये और बस्ती बसती गयी। कैप्टन श्रीवास्तव के बसने के कुछ ही दिन बाद रस्तोगी साहब ने मकान बनवाया। उनके पिता नैनीताल ज़िले के सेशंस जज हुआ करते थे और सुल्ताना डाकू को फाँसी देने वाले जज के रूप में बिजनौर से भवाली तक के लोकगीतों में वे आज भी मौजूद हैं। रस्तोगी साहब अपने छात्र जीवन से ही नैनीताल ज़िले की पहाड़ियों और घने जंगलों में ख़ाक छाना करते थे। कुछ तो शिकार का शौक़, कुछ घने जंगलों का दुर्निवार आकर्षण, एक बड़ी कॉरपोरेट दुनिया का हिस्सा बनने के बाद भी वे हर साल लौट-लौटकर आते। बाद में तो उन्होंने एक ख़ूबसूरत मकान यहाँ बनवाया और नब्बे से ज़्यादा होने पर जब उनके बच्चे ज़बर्दस्ती यहाँ से ले गये तभी गये और जाने के बाद ज़्यादा नहीं जिये। आज़ादी के पहले तल्ला में रामकृष्ण मिशन की शाखा खुली थी जिससे जुड़े कुछ लोगों ने रहने के लिए अपेक्षाकृत ठण्डे और शान्त मल्ला में रहने के लिए आशियाने बनाये।

सन् सत्तर और अस्सी के दशकों में जब उत्तर प्रदेश और उत्तराखण्ड एक ही थे, आमतौर से सज़ा के रूप में पहाड़ों पर सरकारी मुलाज़िमों की तैनाती होती थी, रामगढ़ ब्लॉक में ब्लॉक डेवलपमेंट ऑफ़िसर के रूप में लखनऊ के रहने वाले एक ज़ैदी साहब की पोस्टिंग हो गयी। जहाँ दूसरे अफ़सर पहाड़ आते ही वापस मैदान लौटने की जुगत भिड़ाने लगते, ज़ैदी साहब तो पहाड़ों में रम जैसे गये। उन्होंने

तल्ला जाने के लिए नीचे उतरती पथरीली सड़क पर कई नाली ज़मीन ख़रीदकर ख़ुद और दूसरे रिश्तेदारों को प्रोत्साहित कर चार कोठियाँ बनवायीं। पथरीली सड़क सालों तक लखनऊ वालों की सड़क कहलाती रही। जब शर्मा ने रामगढ़ आना शुरू किया तब तक यह सड़क पक्की हो चुकी थी, उसके किनारे-किनारे तल्ला तक अच्छे-बुरे होटलों की क़तारें खड़ी हो गयी थीं और ज़ैदी साहब के ज़्यादातर रिश्तेदार अपनी-अपनी कोठियाँ बेचकर जा चुके थे।

ज़्यादातर घर ख़ाली पड़े थे। उनके ताले लगभग इन्हीं दिनों खुलते थे। अभी बहुत कम लोग आये थे पर हर रोज़ सनसेट प्वाइंट पर किसी-न-किसी के आमद की ख़बर मिलती रहती थी। बहुत-से ऐसे ताले थे जो बरसों से खुले ही नहीं थे। इनमें से कई तो सालों से बिक्री के लिए उपलब्ध थे। शर्मा की दिलचस्पी का एक क्षेत्र बन्द घरों का इतिहास खँगालना भी था। सभी की एक जैसी कहानी थी। चालीस से पचास की उम्र के बीच का कोई सैलानी या फिर घुमक्कड़ी का कोई शौक़ीन दम्पति कुमायूँ के पहाड़ों का चक्कर लगाता हुआ रामगढ़ पहुँचता और फिर यहीं का होकर रह जाता। पहले कुछ साल गर्मियों के महीने किराये के मकानों में बिताये जाते और फिर ज़मीन की तलाश होती। दर्जनों की तादाद में दलाल और ठेकेदार मौजूद थे जो भनक लगते ही चिपट जाते। कुछ दो-तीन साल सौदेबाज़ी करके इरादा बदल देते और कुछ टिके रहते। जो टिके रहते वे छोटा बड़ा एक आशियाना बनवा लेते और फिर शुरू होता आने-जाने का दौर। अमूमन दस से पन्द्रह साल आना-जाना चलता, किसी साल सिर्फ़ गर्मियों में और किसी-किसी साल दो-तीन बार।

धीरे-धीरे उम्र बढ़ती और साथ में बीमारियाँ बढ़तीं, थकान बढ़ती। आना-जाना कम होता जाता। ज़्यादातर परिवारों में बच्चों में पहाड़ पर कोई ख़ास दिलचस्पी नहीं होती। जब तक उनकी छुट्टियाँ माँ-बाप तय करते, वे रामगढ़ आते रहते पर जैसे ही उन्हें अपने कार्यक्रम ख़ुद बनाने की छूट मिलती, उनका पहाड़ आना कम होता जाता। फिर जोड़े में से एक बिछड़ता, बच्चे यूरोप या अमेरिका चले जाते और कुछ दिनों की हिचकिचाहट के बाद मकान बिक्री के लिए उपलब्ध हो जाते। यह अलग बात है कि सालोसाल बिक्री के इश्तहार लगे होने के बावजूद मकान बिकते बहुत धीरे-धीरे।

शर्मा पहाड़ियों पर बिखरे मकानों के नीचे या ऊपर से गुज़रता गया। ज़्यादातर के रहवासियों को वह जानता था। बाहरी लोगों की सुबह अभी पूरी तरह से नहीं हुई थी। कुछ ही घरों में हरकत दिखी। एक-दो घरों में काम करने वाले दिखे। कुछ नेपाली मज़दूर आदमी काम पर जाते दिखे। शर्मा को बहुत-से लोग पहचानते थे, उन्होंने और कुछ अपरिचितों ने भी उसका अभिवादन किया। उनके जवाब देता हुआ

वह एक मकान के आगे ठिठककर खड़ा हो गया। यह अलग-थलग-सी एक पहाड़ी के छोटे-से प्लेटफ़ॉर्म पर बना ख़ूबसूरत मकान था और उसके रुक जाने की वजह थी इतनी सुबह रानो जी का घर के बाहर मिल जाना। पचहत्तर से अधिक उम्र वाली रानो जी कहीं जा रही थीं। इस उम्र में भी उनकी चुस्ती-फुर्ती नौजवानों में ईर्ष्या भर सकती थी। वे फुदकती हुई पतली पहाड़ी पगडण्डियों से नीचे उतरकर रोज़ शाम सनसेट प्वाइंट तक आतीं और हर आने-जाने वाली कार से लिफ़्ट के आमन्त्रण ठुकराती वापस भी पैदल ही लौटती थीं।

शर्मा को देखते ही रानो जी ने मिसेज़ मेहरोत्रा की आया की मृत्यु का प्रसंग छेड़ दिया। उनकी मुखमुद्रा से समझ आ रहा था कि वे उस ग़रीब लड़की की मौत से कितना विचलित थीं।

"उस दिन मौत ही उसे वहाँ घसीट लायी थी। मैं तो भवाली गयी हुई थी, नहीं तो उस जगह तो मैं या मिसेज़ मेहरोत्रा बैठते थे। पहाड़ों का कोई भरोसा नहीं, कब कौन-सी चट्टान फिसल जाये। ऐसी मौत भगवान किसी को न दे।"

रानो जी के चेहरे पर असीम दुःख छाया हुआ था।

"आपको क्या लगता है, यह दुर्घटना थी?"

शर्मा के सवाल पर रानो जी ने चौंककर देखा, "दुर्घटना नहीं तो और क्या हो सकता है? तुम्हें क्या लगता है शर्मा, क्या जान-बूझकर कोई उतना बड़ा पत्थर लुढ़का सकता है? तुम्हारा मतलब है कि कोई आया को मारना चाहता था? भला उस ग़रीब लड़की की किससे दुश्मनी हो सकती है?"

रानो जी ने सवालों की झड़ी लगा दी।

"मेरे पास इन सवालों के जवाब नहीं हैं। हो सकता है कि मैं ग़लत हूँ।" शर्मा ने बूढ़ी औरत से पिण्ड छुड़ाने की कोशिश की, "आप इतने सुबह-सवेरे कहाँ जा रही हैं।"

"अरे, बस थोड़ा-सा काम था भवाली में, दोपहर बाद लौट आऊँगी।" रानो जी तेज़ क़दमों से आगे बढ़ गयीं। शर्मा प्रशंसा के भाव से उनके स्वस्थ और सधे हुए क़दमों को देखता रहा। पहाड़ के कई मकानों की तरह उनके पास भी गैराज नहीं था और उनकी कार नीचे सड़क पर पार्क होती थी। उनका ड्राइवर नीचे इन्तज़ार कर रहा होगा। शर्मा कुछ ही आगे बढ़ा था कि कार के स्टार्ट होने की आवाज़ आयी।

पहाड़ियों की पतली पगडण्डियों का लम्बा चक्कर लगाते हुए जब वह मिसेज़ मेहरोत्रा के मकान तक पहुँचा तो दिन कुछ चढ़ गया था और हल्की ठण्ड में जहाँ-जहाँ दरख़्तों की छाँह से निकलकर वह धूप में आता, अच्छा लगता।

मिसेज़ मेहरोत्रा के ठीक सामने उनके बेटे का मकान था। शर्मा को दूर से लगा कि उसकी एक खिड़की पर, जो मिसेज़ मेहरोत्रा के डेक की तरफ़ खुलती थी, कोई चेहरा था जो उसके क़रीब आते ही पीछे हटकर ग़ायब हो गया। खिड़की के पल्ले भी किसी ने हौले-से बन्द कर दिये। शर्मा मिसेज़ मेहरोत्रा से मिलने के इरादे से उनके मकान में घुस गया। पहाड़ के लिहाज़ से मकान काफ़ी बड़ा था। सामने एक बड़ा-सा डेक था जिस पर ख़ूबसूरत लॉन और मौसमी फूलों की क़तारें थीं। ड्रॉइंग रूम का एक दरवाज़ा पीछे छोटी-सी बालकनी में खुलता था जिसके ठीक नीचे गहरी वादी थी। गेट खोलकर अन्दर घुसने के बाद गमलों की क़तारें पार कर उस छोटे-से बरामदे तक पहुँचा जा सकता था जिसमें अन्दर तक अपनी उपस्थिति की सूचना देने वाली कॉलबेल लगी हुई थी।

घण्टी बजी तो कुछ ही पल में एनी बाहर निकल आयी।

"मैडम सो तो नहीं रही।"

"अभी तो बाथरूम में हैं, आप बैठ जायें, निकलते ही बताती हूँ।"

एनी ने शर्मा को डेक की तरफ़ चलने का इशारा किया। डेक टेनिस कोर्ट के आकार की एक बड़ी खुली-सी छत थी जिस पर मिसेज़ मेहरोत्रा की सुरुचि और शौक़ झलकता था। पूरे डेक पर क्यारियों में मौसमी फूलों की क्यारियाँ और गमले सजे हुए थे। एक बड़े हिस्से में हरी घास की लॉन थी, जो सर्दियों में तो सूखकर भूरे रंग की हो जाती पर जैसे ही गर्मी शुरू होती पूरी तरह से हरी हो जाती। हल्की सर्दियों और देखभाल ने जैसे रंगों का विस्फोट कर रखा था, अलग-अलग चटख़ रंग के फूल सुबह को इतना ख़ुशनुमा बना देते थे कि सुबह-सवेरे उठकर मिसेज़ मेहरोत्रा घण्टों लॉन में बैठकर धूप सेंकती, योग करतीं और अपनी पसन्द की हर्बल चाय पीतीं। कभी-कभी उनके बेटा-बहू भी आ जाते। आज कुछ देर हो गयी थी।

शर्मा डेक की तरफ़ बढ़ा। एक छोटा-सा बरामदा था जिसके ख़त्म होने पर चार सीढ़ियाँ थीं और उनसे नीचे उतरकर डेक पर पहुँचा जा सकता था। शर्मा के ठीक पीछे एनी थी। दूसरी सीढ़ी से उतरते समय शर्मा लड़खड़ाया और सँभलने का प्रयास करते-करते भी एक गमले के ऊपर गिर पड़ा। पीछे चल रही एनी के मुँह से चीख़ निकल गयी। ग़नीमत थी कि गिरते-गिरते भी शर्मा ने अपने दोनों हाथ ज़मीन पर इस तरह से टिकाये कि उसका सन्तुलन काफ़ी हद तक बना रहा। वह खड़ा तो हो गया पर पूरे शरीर की मांसपेशियों में जगह-जगह खिंचाव आ गया था और थोड़ा समय लगा उसे स्थिर होने में। जिस गमले पर वह गिरा उसकी मिट्टी गीली थी, आस-पास की क्यारियों में भी सिंचाई हुई थी, इसलिए वह खड़ा हुआ तो हथेलियों

और कपड़ों पर मिट्टी लगी हुई थी। घबरायी हुई एनी ने अगल-बग़ल देखा और एक सूखा कपड़ा उठाकर उसे शर्मा के शरीर से रगड़ना शुरू कर दिया।

"आपको चोट तो नहीं लगी?" घबरायी एनी के मुँह से मुश्किल से निकला।

"अरे कुछ नहीं, ऐसे ही कुछ मोच-सी आ गयी है।" एनी की घबराहट कम करने का प्रयास करते हुए शर्मा ने चारों तरफ़ नज़रें दौड़ायीं। दूसरी सीढ़ी के किनारे के दो पत्थर अपनी जगह से खिसककर नीचे आ गिरे थे। उसने अपने शरीर पर हाथ से धूल झाड़ते हुए अन्दाज़ लगाया कि कहीं कुछ टूटा-फूटा नहीं था। कुछ मोच और मांसपेशियों में खिंचाव का मसला लगता था। थोड़ा लँगड़ाते हुए शर्मा सीढ़ियों तक पहुँचा और वहीं बैठकर सीढ़ियों का मुआयना करने लगा।

बरामदे और डेक के बीच ऊँचाई बहुत अधिक नहीं थी, इसलिए उतरने के लिए सिर्फ़ चार सीढ़ियों की दरकार थी। सीढ़ियों की ऊँचाई भी अधिक नहीं थी, लगता था मिसेज़ मेहरोत्रा के स्वास्थ्य और क्षमता को ध्यान में रखकर उन्हें बनाया गया था। वे सुबह धीरे-धीरे उनसे उतरकर नीचे डेक पर आतीं और फिर फूलों के गमलों के बीच देर तक बैठतीं। वहीं घास पर एक दरी बिछा दी जाती जिस पर वे योग और प्राणायाम करतीं। पहाड़ों की गुनगुनी धूप इतनी अच्छी लगती कि वे वहीं अपनी ख़ास पसन्द की हर्बल चाय एक बड़े मग में भरकर पीतीं और कई बार तो अपनी आरामकुर्सी पर बैठकर सो जातीं।

एनी उनके साथ छाया की तरह इस बीच रहती। केवल चलते समय किसी तरह का सहारा उन्हें नापसन्द था, इसलिए सीढ़ियों से चढ़ते-उतरते समय अगर एनी सँभालने के लिए हाथ बढ़ाने की कोशिश करती तो वे उसे झटक देतीं।

घुटनों के बल बैठकर आस-पास की ज़मीन का मुआयना करने पर यह स्पष्ट हो गया कि दूसरे और तीसरे नम्बर की सीढ़ी के नीचे से मिट्टी हटी हुई थी और उन पर ढीले-ढाले ढंग से सीढ़ियों के पत्थर टिके हुए थे। रात जमकर बारिश हुई थी। क्या यह उसकी वजह से हुआ कि पत्थरों के नीचे की मिट्टी बह गयी थी? ऐसा हो भी सकता था और नहीं भी हो सकता था। अचानक शर्मा की निगाहें चमकने लगीं। सीढ़ियों से उतरते ही बायीं तरफ़ की फूलों की क्यारी में उसे कुछ दिखा। एक लकड़ी के बेंट में लगी लोहे की कोई चीज़ थी। उसने उसे उठाया। चौड़े फाल वाला एक खुरपा था।

वह उसे उलट-पुलट ही रहा था कि उसे एनी की आवाज़ सुनायी दी, "यह खुरपा तो हमारे यहाँ का नहीं है।"

शर्मा ने चौंककर देखा, "फिर यहाँ कैसे आया?"

अभी वे खुरपे की बात कर ही रहे थे कि बाहर गेट खुलने की आवाज़ आयी, शर्मा ने धीरे-से खुरपा फूलों की झाड़ियों में सरका दिया।

मिसेज़ मेहरोत्रा का बड़ा बेटा और बहू अन्दर आ रहे थे। उनकी एक खिड़की ऐसी स्थिति में खुलती थी कि सामने वाले मकान की गतिविधियाँ काफ़ी हद तक देखी-सुनी जा सकती थीं। वे लगभग झपटते हुए से डेक तक पहुँचे।

"कौन गिरा? चोट तो नहीं आयी।"

"अरे कुछ नहीं, थोड़ी मोच-सी आ गयी है। कुछ ख़ास नहीं।"

"पर हुआ क्या?" बहू ने पूछा।

"रात बारिश ख़ूब हुई थी। लगता है, उससे सीढ़ियों के नीचे की मिट्टी सरक गयी है। मेरा पैर जब दूसरी सीढ़ी पर पड़ा तो उसका पत्थर अपनी जगह से सरका और तीसरी सीढ़ी के पत्थर को उखाड़ते हुए नीचे आ गया। मैं भी सन्तुलन बिगड़ने से नीचे आ गिरा। पर शुक्र है कि हल्की-फुल्की मोच ही आयी है।"

"शुक्र है, माँ बच गयीं। ये वक़्त तो उनके आने का था, पता नहीं आज क्यों देर हो गयी?" बेटे ने कहा।

चौंककर शर्मा ने सीढ़ियों की तरफ़ देखा। उसके खिलाड़ी शरीर ने तो अपनी लचक से ख़ुद को बचा लिया था पर अगर कहीं मिसेज़ मेहरोत्रा के साथ यह हादसा हुआ होता तो? उसके दिमाग़ ने काम करना बन्द कर दिया।

मिसेज़ मेहरोत्रा भी इस बीच बरामदे में आ गयी थीं और सीढ़ियों के ऊपर खड़ी होकर पूरी घटना का जायज़ा ले रही थीं। उनकी नीचे उतरने की हिम्मत नहीं पड़ रही थी। उन्होंने सबको ऊपर बरामदे में ही बुला लिया।

बरामदे में चाय पीते-पीते सभी इस टल चुकी दुर्घटना पर बात करते रहे। बड़े बेटे ने उस ठेकेदार को फ़ोन कर ख़ूब खरी-खोटी सुनायी जिसने पिछले दिनों ही बरामदे और सीढ़ियों की मरम्मत की थी। मिसेज़ मेहरोत्रा ने बार-बार कही जाने वाली कहावत एक बार फिर से दोहरायी कि पहाड़ों पर मरम्मत कभी ख़त्म नहीं होती। सभी इस पर एकमत थे कि अगर मिसेज़ मेहरोत्रा शर्मा की जगह होतीं तो पता नहीं क्या हो जाता।

चाय का एक प्याला ख़त्म कर और दूसरे के लिए मिसेज़ मेहरोत्रा का प्रबल आग्रह ठुकराते हुए शर्मा उठ गया। उसे और कई काम थे। उसने छोड़ने और गेट बन्द करने आयी एनी से फुसफुसाते हुए कुछ कहा और तेज़ क़दमों से बाहर निकल गया।

आठ

पिछले दो दिनों में रामगढ़ में इतना कुछ घटा कि रात शर्मा जब बिस्तर पर गया तो उसका दिमाग़ चकरा रहा था।

सुबह आम दिनों की तरह ही हुई थी। उसके बेडरूम की खिड़कियाँ कुछ इस तरह थीं कि पर्दा हटाते ही किसी दस्यु-सा हुंकारता-फुंकारता सूरज अपने पूरे तेज़ के साथ अन्दर घुस आता और पूरे कमरे में उजास भर जाती। उस सुबह भी यही हुआ था, फ़र्क़ सिर्फ़ इतना था कि रोज़ की ताज़गी आज ग़ायब थी। बिस्तर पर तो वह रोज़ की तरह ग्यारह बजे ही आ गया था पर देर रात तक नींद ग़ायब रही। बिस्तर पर करवटें बदलते हुए वह दिन-भर की घटनाओं पर ही सोचता रहा। हर घटना के बाद उसका शक पुख़्ता हो जाता कि कोई मिसेज़ मेहरोत्रा को मारना चाहता है और उनके पास समय भी कम है पर कौन है जो उनकी जान लेना चाहता है? यही वह उलझा हुआ प्रश्न था जो उसकी नींद उड़ाये हुए था।

सूरज इतने आक्रामक अन्दाज़ में कमरे में मौजूद था कि सोना मुश्किल था। रात नींद पूरी नहीं हुई थी। एक बार तो शर्मा ने सोचा कि उठकर खिड़की के पर्दे खींच दे और कमरे में अँधेरा कर फिर सो रहे, लेकिन उसे पता था कि दिमाग़ी उलझन उसे सोने नहीं देगी। इसलिए वह बिस्तर की गर्माहट से बाहर निकल आया।

रवि के आने का समय हो गया था, इसलिए उसने बाहर का दरवाज़ा खोल दिया और ख़ुद ग़ुसलख़ाने में घुस गया। फ़ारिग होकर निकला तो रवि आ चुका था और उसके बाहर डेक पर धूप में बैठते ही चाय-भरा थर्मस और कप उसके पास रख दिया गया।

"रवि नाश्ते में कुछ हल्का-फुल्का बना दो, लंच नहीं बनेगा।"

रवि ने समझने के अन्दाज़ में सर हिलाया पर लंच को लेकर एक बार फिर आश्वस्त होने के लिए पूछा, "लंच नहीं बनेगा?"

"हाँ भाई, लंच तो आज रानो जी के यहाँ है।"

शर्मा का दिमाग़ उलझन में और तेज़ चलने लगता है। आज भी वह अपने दैनिक क्रियाकलापों को निपटाते हुए भी बीते दिन की घटनाओं में ही उलझा हुआ था।

कल सुबह मिसेज़ मेहरोत्रा सिर्फ़ चन्द मिनटों के फ़ासले से ही बच सकी थीं। उनके घर की सीढ़ी से गिरते-गिरते वह तो बच गया था पर अगर कहीं उसकी जगह वे होतीं तो क्या बच पातीं? उनका बूढ़ा शरीर कितना सन्तुलन बना पाता या कैसे कलाबाज़ी खाकर गिरने से ख़ुद को बचा पाता, यह सब सोचकर ही उसके रोंगटे खड़े हो गये। गिरते-गिरते भी उसने वह खुरपा देख लिया था जो किसी ने फूलों की क्यारी में छिपाकर छोड़ रखा था। दोपहर को जब प्रशान्त के यहाँ एनी से मुलाक़ात हुई तो उसका सच सही निकला। खुरपा मिसेज़ मेहरोत्रा के माली का नहीं था। माली ने ही पहचाना कि यह तो सामने वाली कोठी यानी भय्या जी का था। मिसेज़ मेहरोत्रा के बड़े बेटे को सारे नौकर भय्या जी कहकर बुलाते थे और उनके यहाँ भी यही माली काम करता था पर यह उस क्यारी में कैसे पहुँचा, इसकी जानकारी माली को नहीं थी।

लगभग इतनी ही गम्भीर घटना पिछली रात भी हुई थी। रात साढ़े आठ-नौ बजे के क़रीब वह अपने घर में दिन-भर की थकान मिटाने और अलग-अलग कड़ियाँ जोड़ने में मशगूल था, अचानक फ़ोन की घण्टियाँ बजने लगीं। उसने बग़ल में रखे मोबाइल की स्क्रीन देखी। प्रशान्त का नाम चमक रहा था। अब याद आयी इसे। अब तो दूसरा पेग भी ख़त्म होने के कगार पर है। उसने अलसाये अन्दाज़ से मोबाइल उठाया पर उधर से जिस तरह की आवाज़ सुनायी दी, वह एकदम से उछलकर खड़ा हो गया।

"मिसेज़ मेहरोत्रा के यहाँ कुछ हुआ है। ऊपर से चीख़ने-चिल्लाने की आवाज़ें आ रही हैं।"

प्रशान्त की घबरायी और उत्तेजित आवाज़ सुनायी दी।

शर्मा ने तेज़ी से कपड़े बदले और बाहर को भागा। वह लगभग दौड़ते हुए प्रशान्त के घर तक पहुँचा जो बाहर ही उसका इन्तज़ार कर रहा था। उसका घर उन पहाड़ियों के दामन में ही था जिनके ऊपर मिसेज़ मेहरोत्रा और उनके बेटे का घर था। पहाड़ियों पर अब भी कुछ लोग उत्तेजित आवाज़ में बात कर रहे थे। आवाज़ें स्पष्ट तो नहीं थीं पर उनमें छिपी उत्तेजना नीचे खड़े सुनने वाले महसूस कर सकते थे।

बिना किसी औपचारिकता के दोनों तेज़ क़दमों से ऊपर को भागे। मिसेज़ मेहरोत्रा के घर की तरफ़ एक खड़ी पहाड़ी काटकर सड़क बनायी गयी थी। सड़क भी इतनी खड़ी और सँकरी थी कि कोई कार उस पर पार्क नहीं की जा सकती थी।

आमने-सामने माँ बेटे की कोठियाँ थीं और थोड़ा ऊपर जाकर एक होटल था। कोई भी कार सवारी उतारकर वापस लौट जाती।

मिसेज़ मेहरोत्रा के घर के बाहर एक छोटी-सी भीड़ जमा थी और लोग उत्तेजित स्वर में बातें कर रहे थे। लगभग दौड़ते हुए आने के कारण शर्मा और प्रशान्त हाँफ रहे थे। वे भीड़ के पीछे खड़े होकर सुस्ताते हुए उत्तेजित आवाज़ों को पकड़ने की कोशिश करने लगे। अचानक शर्मा की निगाह बरामदे में कुर्सी पर बैठी मिसेज़ मेहरोत्रा पर पड़ी। लगा वे दोनों हाथों से अपना मुँह ढाँपे हौले-हौले सुबक रही थीं।

किसी अनहोनी की आशंका में शर्मा भीड़ को चीरता हुआ उनके पास तक चला गया। उनके पास उनकी बहू खड़ी थी और उनका माथा सहला रही थी। एनी और बहादुर भी वहीं मुँह लटकाये खड़े थे। क़रीब जाने पर शर्मा को मिसेज़ मेहरोत्रा के शोक का कारण पता चला। बरामदे के एक किनारे पर उनकी प्यारी बिल्ली निश्चेष्ट पड़ी थी। आस-पास का फ़र्श कुछ गीला था। ध्यान से देखने पर समझ में आ गया कि वहाँ पर कुछ देर पहले दूध गिरा है। रामगढ़ में सभी जानते थे कि वे इस बिल्ली से कितना प्यार करती थीं। अगर कभी बाज़ार जातीं तो उनकी कार की पिछली सीट पर वह भी दिखती। सनसेट प्वाइंट पर भी वह कई बार आती और बन्द शीशों वाली खिड़कियों से बाहर झाँकती रहती। एक-दो बार उसे बाहर भी उतारा गया पर कुत्तों ने उसे इतना परेशान किया कि उसे अन्दर ही रखा जाने लगा।

"इसे हुआ क्या?" शर्मा ने आस-पास खड़े लोगों से समझने की कोशिश की पर कहीं से कोई जवाब नहीं मिला। उसकी निगाहें वहाँ मौजूद चेहरों से फिसलती हुई एनी की आँखों से टकरायीं। उसकी आँखों में कुछ था जिससे शर्मा की समझ में आ गया कि बिल्ली की मृत्यु स्वाभाविक नहीं है। दोनों ने आँखों ही आँखों में कुछ संवाद किया और शर्मा प्रशान्त को इशारा करता हुआ उस छोटी-सी भीड़ को चीरकर रानो जी के घर से बाहर निकल आया।

वे ख़ामोशी से वापसी की यात्रा कर रहे थे कि प्रशान्त ने सवाल दाग़ा, "क्या राय है?"

"ख़तरा घर तक आ गया है।"

प्रशान्त ने घूरकर देखा पर शर्मा बिना कुछ बोले चलता रहा। प्रशान्त को घर छोड़ते हुए शर्मा जब अपने घर की तरफ़ बढ़ा तब घर लौटकर भी शर्मा देर तक जागता रहा था जिसका असर सुबह उसकी हरकतों पर साफ़ दिख रहा था। अलसाया-सा वह अपनी दिनचर्या में लगा था कि फ़ोन की घण्टी बजी, स्क्रीन पर भुवाली थाने के इंस्पेक्टर नेगी को दिया हुआ कोड नाम चमक रहा था। उत्सुकता

से शर्मा ने फ़ोन उठा लिया। उसने कल नेगी को एक टास्क दिया था। लगता था कि उसने काम पूरा कर लिया है। नेगी के पास जो सूचना थी, उससे शर्मा का मुँह खुला का खुला ही रह गया। इस सूचना पर तो शक का दायरा बढ़ जाता है, मतलब किसी और को भी देखना होगा।

शर्मा ने फटाफट रोज़ का कोटा दोनों कप चाय ख़त्म की और बाथरूम में घुस गया। वह कब अन्दर गया और कब बाहर आया, रवि को इसका पता ही नहीं चला। उसे तो तब अहसास हुआ कि साहब बड़ी जल्दी में हैं जब कपड़े बदलते-बदलते ही शर्मा की आवाज़ आयी, "रवि नाश्ता लगाओ।"

सब कुछ जल्दी में हुआ। जितनी देर में शर्मा तैयार होकर खाने की मेज़ पर आया रवि ने जो कुछ बन सका वहाँ लगा दिया। शर्मा ने भी बिना मीन-मेख के जो कुछ सामने दिखा, उसे ख़त्म किया और घर से बाहर निकल आया। थोड़ी ही देर में वह प्रशान्त के यहाँ था।

"भाभी कहाँ है?" बाहर सड़क पर ही प्रशान्त टहलता मिल गया। उसके इस उतावले सवाल से चौंककर उसने पूछा, "क्यों, क्या हुआ? ख़ैरियत तो है?"

"ख़ैरियत ही तो नहीं है, वो हैं कहाँ?"

"इतने सवेरे और कहाँ होंगी, मैं उन्हें बाथरूम में छोड़कर आया था।"

दोनों प्रशान्त के घर की तरफ़ मुड़ लिये।

वे घर के अन्दर बैठक में पहुँचे तो रुचि बाथरूम के अन्दर ही थी। शर्मा ने मेज़ पर पड़ी एक किताब उठा ली और उसे पढ़ने की कोशिश करने लगा पर प्रशान्त से छिपा नहीं रह सका कि शर्मा का मन किताब पढ़ने में नहीं था, वह सिर्फ़ पन्ने पलट रहा था।

"अरे इतने सुबह-सवेरे, मैं चाय बना कर लाती हूँ।" कहकर रुचि मुड़ी ही थी कि शर्मा ने रोका, "चाय का चक्कर छोड़िए भाभी, कुछ ज़रूरी बात करनी है। आप बस बैठ जाइए।"

चकित-सी रुचि बैठ गयी। शर्मा ने अगले कुछ मिनटों में जो कुछ कहा, उससे सामने बैठे पति-पत्नी दोनों के चेहरों पर परेशानी का भाव था।

"भई, एनी को तो किसी बहाने बुला लूँगी, वैसे भी वह कल बता रही थी कि आज रानो जी ने उसे अपने यहाँ किचन में मदद के लिए भेजने को मिसेज़ मेहरोत्रा से अनुरोध किया था और उन्होंने उसे इजाज़त दे दी थी। उसे फ़ोन करके देखती हूँ।"

रुचि दोनों को बैठक में छोड़कर अन्दर चली गयी। थोड़ी ही देर में लौटी तो चेहरे पर मुस्कान थी।

"बड़े वक़्त से मैंने फ़ोन कर दिया, वह रानो जी के घर के लिए निकलने ही वाली थी। सुबह-सुबह रानो जी के कई फ़ोन आ गये। वे परेशान थीं कि इतने सारे मेहमानों को बुला रखा है और काम करने के लिए घर में सिर्फ़ दो आदमी! उसे मिसेज़ मेहरोत्रा ने सुबह की चाय पिलाने के बाद ही उनके यहाँ जाने के लिए कह दिया था। वह निकलने ही वाली थी कि मेरा फ़ोन चला गया। अब वह यहाँ से होती हुई जायेगी।"

शर्मा ने चैन की साँस ली। रुचि उठ के गयी और चाय बना के ले आयी। तीनों चाय की चुस्कियाँ लेते हुए एनी का इन्तज़ार करते रहे।

थोड़ी देर में वह आ भी गयी। उसके हाव-भाव से लग रहा था कि वो जल्दी में थी पर शर्मा बिना पूरी बात किये कहाँ छोड़ने वाला था।

"कल बिल्ली कैसे मरी थी?"

एनी ने गहरी साँस ली, आँखें एक बार के लिए बन्द कीं और फिर बोलना शुरू कर दिया। कमरे में मौजूद शर्मा, प्रशान्त और रुचि ने उसके बोलने में कोई बाधा नहीं डाली और चुपचाप उसे सुनते रहे।

उस रात भी रोज़ की तरह 9 बजे से चन्द मिनट पहले अपना डिनर ख़त्म करने के बाद मिसेज़ मेहरोत्रा सोफ़े पर अधलेटी अपने पसन्दीदा सीरियल का इन्तज़ार कर रही थीं। उनकी बग़ल में ही ठण्ड से बचने के लिए उनकी शाल के अन्दर आधी छिपी उनकी प्रिय बिल्ली भी जैसे इसी कार्यक्रम को देखना चाहती थी। सामने टी.वी. स्क्रीन पर कुछ विज्ञापन आ रहे थे और उनमें डूबी उन्हें पता भी नहीं चला कि कब एनी आयी और उनके सामने से जूठे बर्तन उठा ले गयी। यह रोज़ का रुटीन था। अपना खाना निकालकर वह अलग रख देती और फिर जूठे बर्तन साफ़ करने लगती थी। आधे बर्तन धुल जाते कि वह एक भगौने में दूध उबलने के लिए गैस पर रख देती। जब तक दूध उबलता वह शेष बर्तन निपटाती। फिर मालकिन के लिए गिलास में दूध निकालकर कुछ ठण्डा होने तक किचन साफ़ करती रहती। मिसेज़ मेहरोत्रा सोने के पहले हल्के गर्म दूध के साथ इसबग़ोल की भूसी लेती थीं। एनी उनके पास इसबग़ोल डला दूध रख आती और वे टी.वी. देखते-देखते उसके घूँट लेती रहतीं। प्रोग्राम के साथ ही उनका दूध भी ख़त्म हो जाता और जैसे ही टी.वी. की आवाज़ आनी बन्द होती, एनी हाथ पोंछती हुई बाहर निकलती। यह तय समय था जब वह मिसेज़ मेहरोत्रा को सहारा देकर उनके बेडरूम तक पहुँचा देती।

सब कुछ ठीक-ठाक चल रहा था। दूध कुछ ठण्डा हुआ तो उसने इसबग़ोल का डिब्बा तलाशा। पिछली रात इसबग़ोल ख़त्म हो गया था, इसलिए वह ख़ुद दिन

में नया डिब्बा लायी थी। हमेशा की तरह फ्रिज़ के ऊपर रख दिया था, पर वहाँ नहीं मिला। थोड़ी देर तलाशने के बाद भी नया नहीं दिखा तो उसने झुँझलाकर पुराने डिब्बे को ही हिला-डुलाकर अन्दाज़ा लगाने की कोशिश की। उसे ख़ुशी हुई कि उसमें अभी भी कुछ भूसी बची थी, जल्दी-जल्दी उसने भूसी दूध के गिलास में उड़ेली और एक चम्मच से हिलाती ड्राइंगरूम की तरफ़ बढ़ चली। सीरियल किसी महत्त्वपूर्ण मुक़ाम पर था, मिसेज़ मेहरोत्रा ने बिना आँखें पर्दे से हटाये हाथ के इशारे से गिलास बग़ल की पेग टेबल पर रखने का इशारा किया और फिर उसी में डूब गयीं।

अगले कुछ ही क्षणों में घर में तूफ़ान-सा आ गया। किचन की सफ़ाई छोड़कर एनी ड्राइंगरूम की तरफ़ भागी। उसने दिन में ख़रीदा इसबग़ोल का डिब्बा देख लिया था। शीशे के गिलासों के पीछे डिब्बा कैसे पहुँचा? लगता है किसी ने सावधानी से उसे गिलासों के पीछे छिपाकर रख दिया था। हाथ बढ़ाकर उसने डिब्बा उठा लिया, किसी ने उसे खोला था? उसका माथा ठनका...उसने तो दुकान से लौटकर बन्द डिब्बा हमेशा की तरह फ्रिज़ के ऊपर रख दिया था...किसने उसे खोला और कैसे वह गिलासों के पीछे पहुँचा? फिर कल रात पुराने डिब्बे में भूसी बहुत कम थी और उसने चम्मच से खुरच-खुरच के आख़िरी कण तक निकाल लिया था, फिर आज उसमें एक दिन के इस्तेमाल भर भूसी कैसे आ गयी...अचानक उसके दिमाग़ में घण्टियाँ बजीं और वह बाहर की तरफ़ भागी।

मिसेज़ मेहरोत्रा ने अभी दूध का गिलास हाथ में उठाया ही था कि उन्हें बदहवास-सी एनी अपनी तरफ़ दौड़ती आती दिखी।

"मेम साहब...भूत...किचन में भूत..." कहते-कहते वह सेंट्रल टेबल से बचने के चक्कर में लड़खड़ाते हुए मिसेज़ मेहरोत्रा के हाथ से ऐसे टकरायी कि गिलास ज़मीन पर गिरकर काँच के टुकड़ों में तब्दील हो गया और सारा दूध फ़र्श पर गिर गया।

"पागल हो गयी है क्या...कहाँ है भूत...अब तक अपना हाथ-पैर तोड़ती और मेरे ऊपर गिरती तो मेरी जान भी लेती...कहाँ देखा भूत..."

एनी ने अपनी साँस थामने की कोशिश की और फिर मुश्किल से उसके बोल फूटे, "मेम साहब, किचन में बिल्ली के बराबर मोटा चूहा मेरे ऊपर कूदा तो मैं एकदम डर गयी...मुझे लगा कोई भूत यहाँ उछल रहा है..." बोलते-बोलते एनी के मुँह से चीख़ निकली। उसने विस्फारित नेत्रों से देखा कि बिल्लो रानी ज़मीन पर गिरा दूध अपनी ज़ुबान से चाट रही है। किसी का ध्यान नहीं गया कि कब मिसेज़ मेहरोत्रा की शाल से निकलकर बिल्ली दूध के पास कूद गयी और चपड़-चपड़ उसे पीने लगी।

एनी झपटी और उसने बिल्ली को अपनी गोद में उठा लिया। मिसेज़ मेहरोत्रा की समझ में कुछ नहीं आ रहा था। उनको और अधिक आश्चर्य हुआ जब बिल्ली ने छटपटाकर ख़ुद को एनी की पकड़ से छुड़ा लिया और बाहर की तरफ़ भागी। उसकी चाल लड़खड़ा रही थी और एक-दो बार बन्द दरवाज़े को खोलने का असफल प्रयास करती हुई-सी वह ज़मीन पर लुढ़क गयी।

दौड़ती हुई एनी वहाँ पहुँची और उसे सीधा करने का प्रयास करने लगी पर उसकी गर्दन एक तरफ़ को लटक गयी थी। मिसेज़ मेहरोत्रा को कुछ समझ नहीं आ रहा था पर एनी को रोते देखकर उनको लग गया कि बिल्ली के साथ कुछ अनहोनी घटी है। उनकी आँखों में भी आँसू आ गये। यह बिल्ली इस घर में पिछले कई सालों से थी। वे जब तक रामगढ़ रहतीं, बिल्ली उनके इर्द-गिर्द रहती। गर्मियों का जैसे यह उन्हीं के लिए इन्तज़ार करती रहती थी, उनके आने के चौबीस घण्टों के अन्दर ही उनके पास आ जाती और फिर जब तक वे वापसी नहीं करतीं उनके इर्द-गिर्द ही मँडराती रहती, जब वे खाने की मेज़ पर बैठती कुछ दूरी पर बैठकर उनका मुँह टुकुर-टुकुर ताकती रहती। वे बीच-बीच में उसकी पसन्द की कोई चीज़ अपनी प्लेट से उठाकर फेंकतीं और वह झपट लेती। सर्दियों में उनकी शाल में दुबककर बैठी रहती। शुरू-शुरू में तो रात में रज़ाई के अन्दर जब कुछ रेंगता-सा लगता, वे हड़बड़ाकर उठ बैठतीं पर अब तो पैर से बिल्ली को धकेलकर चुपचाप लेटी रहती हैं। इसे लाड़ से बिल्लो कहकर पुकारना भी उन्होंने ही शुरू किया और अब तो यही उसका नाम पड़ गया था।

स्वाभाविक था कि बिल्लो की मृत्यु पर भीड़ इकट्ठी हो जाये, वही हुआ। पहले तो एनी ने शोर मचाकर ड्राइवर, माली और पड़ोस के नौकरों के परिवार को जमा कर लिया, फिर अड़ोस-पड़ोस की बत्तियाँ जलीं। मिसेज़ मेहरोत्रा के साथ किसी अनर्थ की आशंका में कुछ पड़ोसी भी आ पहुँचे। सबसे पहले आने वालों में शर्मा और प्रशान्त थे। उनके आने के थोड़ी देर बाद मिसेज़ मेहरोत्रा के बेटा-बहू पहुँचे थे। उस दिन शाम को थोड़ी देर के लिए रानो जी भी आयी थीं पर उन्हें भवाली में कुछ काम था, इसलिए जल्द ही चली गयी थीं। वे कुछ काम से किचन में भी गयी थीं। उनके जाने के फ़ौरन बाद मिसेज़ मेहरोत्रा की बहू भी आयीं और देर तक रहीं। उन्होंने इसरार कर अपनी सास के लिए एक सब्ज़ी बनायी थी। उसे बनाते समय उन्होंने हँसते हुए एनी को किचन से निकाल दिया था। उन्हें अपनी सास की सेवा के लिए किसी भी मदद की दरकार नहीं थी।

एनी का वृत्तान्त ख़त्म हुआ तो शर्मा ने मानीख़ेज़ निगाहों से प्रशान्त को देखा, उसने भी हल्के से सिर हिलाया। स्थितियाँ काफ़ी हद तक साफ़ हो रही थीं।

"बहुत ख़ूब एनी ! तुमने अपना नमक अदा कर दिया। जिस दिन मिसेज़ मेहरोत्रा को पता चलेगा, तुम्हें कितना इनाम मिलेगा, मैं कह नहीं सकता।" शर्मा के साथ-साथ प्रशान्त और रुचि की प्रशंसात्मक निगाहें भी एनी के चेहरे पर गड़ गयीं और उसने शरमाकर नज़रें झुका लीं।

"अभी तक तो निभ गया पर अब ज़्यादा मुश्किल इम्तिहान है।" शर्मा ने कहा। वहाँ मौजूद सबने उत्सुक नज़रों से उसे देखा।

"मेरे दिमाग़ में एक योजना है और उसे पूरा करने में आप लोगों को मेरी मदद करनी होगी।"

सभी ख़ामोशी से शर्मा के मुँह से उसकी योजना के बारे में सुनने की प्रतीक्षा करते रहे।

"देख़िए, जितना मैं जानता हूँ उतना ही आप तीनों जानते हैं या कम-से-कम प्रशान्त तो जानता ही है। मिसेज़ मेहरोत्रा की जान को सचमुच ख़तरा है और उनके किसी बड़े क़रीबी से ही है। जिन पर मुझे शक है, वे सभी रानो जी के यहाँ लंच पर होंगे। इस मौक़े का फ़ायदा उठाकर मैं कुछ घरों में सेंध लगाऊँगा। एक तो मिसेज़ मेहरोत्रा का घर होगा, दूसरा उनके बेटे का और तीसरा होगा रानो जी का बेडरूम। अब इसमें आप तीनों को कुछ-न-कुछ करना होगा।"

शर्मा चुप हुआ तो तीनों उसके बोलने की बाट जोहने लगे। शर्मा ने तीनों को विस्तार से अपनी योजना समझा दी। रानो जी की दो बेटियों के घर रामगढ़ में थे और वे हर बार की तरह इस बार भी छोटी के घर में रुकी थीं। इसी घर में जब चहल-पहल अपने उरूज पर होगी, उसी समय मौक़ा निकालकर उन्हें मिसेज़ मेहरोत्रा और उनके सामने बेटे-बहू के घर की तलाशी लेनी होगी। बेटे के यहाँ एक नौकर था जिसे एनी की ही तरह आज रानो जी के यहाँ ड्यूटी देनी थी। दोनों घरों के बीच एक माली था और ख़ुशक़िस्मती से वह दोपहर को किसी काम से हल्द्वानी जाने वाला था।

जितने आसान लफ़्ज़ों में शर्मा ने अपनी योजना समझायी थी, उतना आसान उसका क्रियान्वयन साबित नहीं हुआ। दिन का वक़्त था और मिसेज़ मेहरोत्रा और उनके सामने बेटे के मकान के बीच की सड़क कम चलती थी पर उस पर इक्का-दुक्का लोगों की आमदरफ़्त तो होती ही रहती थी। इसके बावजूद शर्मा दोनों घरों में सेंध लगाने में कामयाब हो गया। हुआ कुछ ऐसे कि शर्मा, प्रशान्त और रुचि जिस समय रानो जी के घर पहुँचे, उनकी बैठक मेहमानों से लगभग भर चुकी थी

और कुछ मेहमान बाहर बरामदे में भी बैठे थे। मिसेज़ मेहरोत्रा का रानो जी से जैसा बहनापा दिखता था, उसमें स्वाभाविक ही था कि वे अपने बेटे और बहू के साथ सबसे पहले पहुँची थीं। मेहमानों से आँखें मिलाते चुराते, उनके अभिवादन का उत्तर देते या किसी को ख़ुद नमस्कार कहते शर्मा और प्रशान्त धीरे-धीरे रानो जी की बेटी के घर से बाहर निकल आये।

रानो जी की इस छोटी बेटी का घर खड़ी पहाड़ियों पर एक टेबल टॉप जैसे चौकोर धरातल पर था। नीचे से एक दुर्गम-सी पगडण्डी थी जो ऊपर रेंगती-सी आती थी। उस पर से रोज़ सनसेट प्वाइंट तक रानो जी चढ़ती उतरती थीं और लगभग रोज़ ही किसी-न-किसी से अपने फ़िटनेस की तारीफ़ वसूलती थीं। पगडण्डी से रुक-रुककर मेहमान ऊपर चले आ रहे थे और उनसे बचना ज़रूरी था, इसलिए फुर्ती से दोनों दोस्तों ने झपट्टा मारा और पगडण्डी के दाहिने-बायें खड़े दरख़्तों और झाड़ियों क़ी आड़ लेकर नीचे उतरना शुरू कर दिया।

पहाड़ियों से उतरकर वे बाज़ार वाली सड़क पर आ गये। पहाड़ी क़स्बे के अनुसार इक्का-दुक्का गाड़ियाँ गुज़र रही थीं, कुछ लोग पैदल भी जा रहे थे। इनमें एक-दो तो निश्चित ही रानो जी के मेहमान थे। कुछ ने अभिवादन किया, कुछ ठिठककर खड़े भी हुए पर दोनों अपने को ख़ूब व्यस्त, आपसी बातचीत में डूबा दिखाकर सबको नज़रअन्दाज़ करते हुए आगे बढ़ते गये। जल्द ही वे मिसेज़ मेहरोत्रा के घर वाली चढ़ाई पर थे। यह वक़्त तो वैसे ही सन्नाटे का था, आज तो घर में कोई न होने के कारण और भी कोई हलचल नहीं थी। सावधानी से चारों तरफ़ का नज़रों से मुआयना करने के बाद शर्मा अचानक तेज़ी से मुड़ा और मिसेज़ मेहरोत्रा का बाहरी गेट खोलकर उनके कैम्पस में घुस गया। प्रशान्त निरुद्देश्य-सा बाहर टहलता रहा।

पहाड़ों पर चोरी की घटनाएँ लगभग नहीं के बराबर होती थीं, इसलिए दिल्ली जैसे महानगरों से आने वाले लोग जो अपने शहरों में बिना अच्छी तरह से घर बन्द किये और उसे भी कई बार चेक किये बग़ैर कहीं दूर जाने की कल्पना भी नहीं कर सकते थे, रामगढ़ आने के बाद घरों के बाहरी दरवाज़ों में ही कुण्डी मार कुछ घण्टों के लिए निकल सकते थे। आज भी यही हुआ था। एनी के बताने के अनुसार बाहर बरामदे से ड्राइंग रूम में प्रवेश कराने वाले दरवाज़े पर सिर्फ़ एक कुण्डी लगी थी जिसे आसानी से खोलकर शर्मा अन्दर चला गया।

थोड़ी देर बाद जब वह बाहर निकला तो प्रशान्त उसी तरह सड़क पर टहल रहा था और उसके चेहरे पर लापरवाही का भाव था। दोनों घरों के बीच की सड़क पूर्ववत् सुनसान थी। वैसे भी तो यह कम चलती थी, आज तो इसे इस्तेमाल करने

वाले सभी–मालिक और नौकर–ग़ायब थे। सबकी मंज़िल रानो जी की बेटी का घर था। दोनों दोस्त आराम से बात करते हुए टहलते और बतियाते रहे कि अचानक फुर्ती से शर्मा बायें मुड़ा और मुख्य गेट को लगभग ढकेलता हुआ अन्दर ग़ायब हो गया।

मिसेज़ मेहरोत्रा के बेटे के घर से बाहर निकलने में शर्मा को ज़रूर कुछ देर लगी। सावधानी से वह एक-एक कमरे की तलाशी लेता रहा और जब बाहर निकला तो प्रशान्त उसकी देरी पर खीझ-सा रहा था लेकिन उसके चेहरे पर मुस्कान देखकर ख़ुद भी सन्तुष्ट हो गया। कुछ तो मिला ज़रूर होगा पर शर्मा से पूछना व्यर्थ था, वह जानता था कि शर्मा जब चाहेगा तभी बोलेगा, इसलिए बिना कुछ कहे उसने वापसी की यात्रा शुरू कर दी।

थोड़ी ही देर में वे अपनी मंज़िल पर थे। बेटी ने रामगढ़ के हर प्रवासी को बुला रखा था, काफ़ी चहल-पहल थी। शर्मा और प्रशान्त मिसेज़ मेहरोत्रा के इर्द-गिर्द मँडराते रहे और जान-बूझकर थोड़ी देर से उनके सामने पहुँचे। वे बरामदे के कोने में ख़ूबसूरत से डहेलिया के गमले की बग़ल में बैठी थीं और उनके पास ही खड़ी थीं रानो जी। दोनों ने उन्हें देखकर एक ही सवाल पूछा कि वे अब तक कहाँ थे और दोनों को एक ही जवाब दिया गया कि वे तो यहीं थे यानी दावत में ही और जल्दबाज़ी में दोनों को अलग-अलग जगहें बतायी गयीं पर दोनों ने बहुत ध्यान नहीं दिया। बात ज़रूर उन महिलाओं से हो रही थी पर शर्मा का पूरा ध्यान उस मौक़े की तलाश में लगा था जो उसे घर के अन्दर प्रवेश करा सके। उसे भवाली के इंस्पेक्टर नेगी ने जो सूचना दी थी, उससे यह उम्मीद जगी थी कि उनके बेडरूम में कुछ-न-कुछ ऐसा मिल सकता है जिससे पिछले कुछ दिनों से रामगढ़ में जो कुछ अस्वाभाविक घट रहा था, उस पर थोड़ा-बहुत प्रकाश पड़ सकता था। आख़िर उसे मौक़ा मिल ही गया।

प्रवासी परिवारों के कई अन्य नौकरों की तरह एनी को भी काम करने के लिए वहाँ बुलाया गया था और उसी की मदद से वह उस बेडरूम तक पहुँचा जो रामगढ़ प्रवास के दौरान रानो जी की रिहायश हुआ करता था और जिसमें बिना इजाज़त उनकी बेटी भी नहीं आती थी। वे ख़ुद कहीं बाहर जातीं तो बिना भूले ताला लगाकर जातीं। इस कमरे की रहस्यमयता के बारे में उनके नौकरों द्वारा प्रचारित सूचनाएँ एनी से होती हुई उस तक पहुँचती रहती थीं। एनी दूसरे नौकरों के साथ अन्दर से स्नैक्स लाकर मेहमानों को सर्व कर रही थी। अभी ड्रिंक्स का दौर चल रहा था और कुछ ही अपवाद थे जो चाय, कॉफ़ी या कोल्ड ड्रिंक्स पर थे, ज़्यादातर बीयर, वोदका या जिन ले रहे थे। महफ़िल अपने शबाब पर थी और कुछ लोग तो लगभग चीख़ने के अन्दाज़ में बात कर रहे थे। इसी शोर-शराबे के बीच जब एनी रानो जी के क़रीब खड़ी थी, शर्मा उसके

क़रीब पहुँचा और इतनी ज़ोर से बोला कि दोनों सुन सकें, "एनी, वाशरूम किधर है?"

रानो जी ने चौंककर जवाब दिया, "एनी, साहब को अन्दर वाशरूम में ले जाओ"।

एनी शर्मा को अन्दर ले के चली गयी। अन्दर किचन में ज़रूर कुछ गतिविधियाँ चल रही थीं, बाक़ी सारे घर में सन्नाटा पसरा हुआ था। एनी ने एक कमरे की तरफ़ इशारा किया और किचन की तरफ़ बढ़ गयी। कमरा बाहर से बन्द था। शर्मा ने बाहर की कुण्डी खोली, चुपचाप भीतर घुसा और अन्दर से उसे बन्द कर लिया।

थोड़ी देर बाद शर्मा जब बाहर निकला तो सब कुछ पूर्ववत् था। ज़्यादातर लोग जिनके हाथों में गिलास थे, अब लड़खड़ाती ज़ुबानों से कुछ ऐसा कह रहे थे जिसे वे ही समझ सकते थे। जो पी नहीं रहे थे, वे ऊबे स्वरों में इशारे कर रहे थे कि अब डिनर परोसा जाये। इस बीच मिसेज़ मेहरोत्रा की बड़ी बेटी ने घोषणा की कि खाना लग गया है और छोटी बेटी महिलाओं को डाइनिंग टेबल की तरफ़ लेकर बढ़ चली। प्रशान्त ने एक बड़ा पेग वोदका का बनाया और शर्मा को थमा दिया। शर्मा मेहमानों को एक-एक कर के उठते और खाने की मेज़ तक जाते देखता रहा और धीरे-धीरे अपने घूँट लेता रहा। सिर्फ़ प्रशान्त ही उसके ख़ामोश चेहरे के पीछे छिपी बेचैनी भाँप सकता था। यह बूझते हुए कि इस समय कुछ भी पूछना बेकार है, उसने ख़ामोशी से अपना आख़िरी पेग ख़त्म किया और डिनर के लिए बढ़ चला।

नौ

रानो को कॉल बेल बजाने की ज़रूरत नहीं पड़ी। उसका हाथ घण्टी तक पहुँचा भी नहीं था कि दरवाज़ा खुल गया। लगा कि उसी का इन्तज़ार हो रहा है।

"अन्दर आ जा, मैं तो सात बजे से ही तेरी राह तक रही हूँ..." मिसेज़ मेहरोत्रा ने रानो को गले लगाते हुए कहा, "जल्दी अन्दर आ जा नहीं तो सर्दी पकड़ लेगी।"

आज दिन-भर मौसम गर्म था लेकिन शाम को थोड़ी देर बारिश हुई और अब तेज़ हवा के चलते बाहर मज़े की ठण्ड थी। दरवाज़ा खुलते ही सर्द हवा के थपेड़ों ने मिसेज़ मेहरोत्रा के दोनों गाल लाल कर दिये। लगभग घसीटते हुए उन्होंने रानो को अन्दर खींच लिया पर साथ ही किसी दुस्साहसी दस्यु-सी हुंकारती ठण्ड भी अन्दर ड्राइंगरूम में घुस ही आयी। रानो ने एक ढीले-ढाले लबादे के रूप में मोटा-सा कश्मीरी फिरोन पहन रखा था और उसके नीचे भी लगता था कि कुछ ऊनी कपड़े हैं लेकिन इन सबके बावजूद वह ठिठुर रही थी। उस बड़े-से कमरे के चारो कोनों में ब्लोअर चल रहे थे पर एक बार बन्द कमरे में पहुँची सर्दी से निजात मिलने में समय लगना ही था, इसलिए रानो ने थोड़े ना-नुकुर के बाद, तभी कमरे में उनके लिए गुनगुना पानी लेकर आयी एनी का आग्रह मान लिया और एक ब्लोअर से सटे हुए दीवान पर बैठ गयी। दीवान उसे कभी भी आरामदेह नहीं लगता था, इसलिए इस ड्राइंगरूम के एक कोने में रखी लम्बी-सी आरामकुर्सी उसकी पसन्दीदा जगह थी पर ठण्ड में ब्लोअर से निकली आँच से उसके ठिठुरते बदन को थोड़ी राहत मिली।

"क्या लेगी...जब तक और लोग आते हैं तब तक गरमागरम कॉफ़ी हो जाये।"

"और कौन-कौन आ रहा है?"

मिसेज़ मेहरोत्रा की दावतें मशहूर थीं, हमेशा भीड़-भाड़ वाली और हंगामाख़ेज़। अपने दो-ढाई महीनों के प्रवास के दौरान वे एक बड़ी और कई छोटी दावतें करती हैं। यह अलग बात है कि वे अपनी जल्दी सोने की आदत के कारण डिनर कभी नहीं रखतीं और उनके कार्यक्रम हमेशा दिन में होते। ग्यारह बजे की उनकी चाय

सबसे अधिक लोकप्रिय थी जब कोठी के डेक पर गुनगुनी धूप में कुर्सियाँ लग जातीं और डहेलिया, गुलदाउदी, गुलाब, नेस्टरशियम, पैंजी या स्वीट पी के गमलों से घिरे मेहमान कॉफ़ी, चाय या बीयर की चुस्कियों के साथ मिसेज़ मेहरोत्रा के निहायत इसरार के साथ परोसे केक और पेस्ट्री खाते। एक बार वे लंच रखतीं जिसमें रामगढ़ का पूरा प्रवासी संसार उपस्थित होता। इन्हीं दावतों के लिए वे दिल्ली से आते समय अपने साथ तरह-तरह की मिठाइयाँ और नमकीन वग़ैरह लातीं। उनके प्रवास के दौरान बेटा, बेटी या दूसरे मेहमान जब दिल्ली से रामगढ़ आते तो उनके सामानों में भी मिसेज़ मेहरोत्रा के आदेशानुसार मसाले या अन्य खाद्य सामग्री भरी होती।

"बाक़ी लोग कहाँ रह गये?"

"आ रहे होंगे। आज ज़्यादा लोग हैं भी नहीं। बस तू है, प्रशान्त और उसकी वाइफ़ है और पुलिस वाला शर्मा है...उसकी बीवी अभी रामगढ़ आयी नहीं है, इसलिए अकेला आयेगा।"

"तब तो हम दो ही हैं आज रात।"

"क्यों?" चौंककर मिसेज़ मेहरोत्रा ने रानो की तरफ़ देखा।

"तेरे घर में सिग्नल का हमेशा मसला रहता है। फ़ोन कभी नहीं मिलता। अनिल को अचानक अपनी बीवी के साथ हल्द्वानी जाना पड़ा...किसी डॉक्टर से बमुश्किल अपॉइंटमेंट मिला है आज का। जाने से पहले तुझसे बात करने की कितनी कोशिशें कीं उसने, पर तेरा फ़ोन ही नहीं मिलकर दिया। फिर मुझे बताकर दोनों गये। यही शर्मा के साथ हुआ। उसने भी मुझे फ़ोन करके तुझसे माफ़ी माँगी है। उसकी अपनी तबीयत कुछ ढीली है। तू अपना सर्विस प्रोवाइडर जल्दी बदल डाल।"

"हाँ भई, बदलना तो है...चल अगर भगवान की मर्ज़ी हुई और अगले साल आना हुआ तो कोई दूसरा नम्बर लेकर आऊँगी।" मिसेज़ मेहरोत्रा ने फिर वही जवाब दिया जो वे हर बार टेलीफ़ोन न मिलने की शिकायत पर देती आयी थीं।

चारों ओर से पहाड़ियों से घिरी और लगभग कटोरे के पेंदे में बनी उनकी कोठी में हर बार उनका मोबाइल फ़ोन बेकार हो जाता क्योंकि वहाँ उसे कोई सिग्नल नहीं मिलता। उन्हें कोई फ़ोन करना होता तो वे घर से बाहर निकलकर बात करतीं या उनके बच्चों को ज़रूरी बात करनी होती तो वे ड्राइवर या एनी को फ़ोन करते और उनके फ़ोन पर या फिर घर के बाहर निकलकर ही ख़ुद के फ़ोन से मिसेज़ मेहरोत्रा बात कर पातीं। हर यात्रा में उन्हें सलाह दी जाती कि वे अपना सर्विस प्रोवाइडर बदलकर किसी और कम्पनी का फ़ोन ले लें पर हर बार इस आलस्य में कि कौन इस झंझट में पड़े, टल जाता। इस बार भी टल ही गया। अब कल तो जाना है।

इस बीच एनी कॉफ़ी लेकर आ गयी।

"अगला साल किसने देखा है?" अपनी कॉफ़ी में चीनी मिलाते हुए रानो भावुक हो गयी।

दोनों 75 पार कर रही थीं। हर साल विदाई के समय यही वाक्य दोहराया जाता था। रामगढ़ के सारे प्रवासियों द्वारा, गर्मियाँ बीतते-बीतते और मानसून की शुरुआत में मैदानों की ओर कूच करते और एक-दूसरे से विदा लेते समय सबसे अधिक दोहराया जाने वाला वाक्य था, "अगले साल फिर मिलेंगे!" पर इनकी उम्र में यह भी स्वाभाविक प्रतिक्रिया हो सकती थी, "अगला साल किसने देखा है?"

"अच्छा ही है कि आज कोई नहीं आ रहा। कितनी सारी बातें करनी हैं तुझसे, सनसेट पॉइंट पर तो एक मिनट भी प्राइवेसी नहीं मिलती।"

मिसेज़ मेहरोत्रा ने कोई जवाब नहीं दिया, इशारे से एनी को एक बार फिर गर्म चाय तैयार करने का इशारा किया और थोड़ा उचककर रानो का हाथ पकड़ अपनी बग़ल में ही बैठा लिया। पीठ पीछे ब्लोअर से जो गरमाहट मिल रही थी उसका सुख ही अलग था पर मिसेज़ मल्होत्रा ने इतनी आजिज़ी से उन्हें हाथ पकड़कर अपनी बग़ल में बिठाया था कि हल्की सिहरन के बावजूद रानो वहीं बैठी रही।

"तुझसे एक बात पूछनी है, उस दिन तूने मार्खेज़ की एक कहानी सुनाई थी, तब से ही मेरे दिमाग़ में उथल-पुथल मची हुई है। तुझे लगता है कि कोई मर्द चालीस साल तक अपने साथी को इस तरह का धोखा दे सकता है कि उसे पता ही न चले..."

मिसेज़ मेहरोत्रा के चेहरे पर नज़रें गड़ाते हुए रानो फुसफुसायी, "मैं तो सिर्फ़ मार्खेज़ की एक कहानी सुना रही थी पर कहानियाँ तो असली ज़िन्दगी से ही निकलती हैं। तुझे क्यों लगा कि असल ज़िन्दगी में ऐसा नहीं हो सकता?"

"बस ऐसे ही..." थोड़ी देर ख़ामोशी छायी रही। पता नहीं क्या था कि दोनों महिलाएँ असहज महसूस कर रही थीं। ख़ामोशी टूटी एनी के आगमन से। ट्रे मेज़ पर रखते ही पहले तो वह रानो की तरफ़ मुख़ातिब हुई, "अरे आंटी आप फिर ऐसी जगह बैठ गयीं जहाँ आप को ठण्ड लग जायेगी...उठिये...उठिये... चलिए ब्लोअर के पास बैठिए", और उसने लगभग खींचते हुए रानो को वापस पुरानी जगह पर बैठा दिया।

"ये लड़की मेरा इतना ख़याल रखती है..." रानो ने लाड़ से एनी को चपत लगायी और ब्लोअर से आने वाली हवा की गरमाहट महसूस करने की कोशिश करने लगी।

चाय का दूसरा कप रानो के हाथ में पकड़ाते हुए मिसेज़ मेहरोत्रा ने कहा, "खाना तैयार है, जब तू कहेगी लग जायेगा।"

"पर तेरी आवाज़ को क्या हुआ, तू अचानक इतनी बीमार क्यों लगने लगी है?"

"पता नहीं पर कुछ अजीब-सा लग रहा है..." उन्होंने एक बार फिर वही प्रश्न दोहराया, "तुझे क्या लगता है कि सचमुच कोई अपने जीवन साथी को इतने लम्बे समय तक धोखा दे सकता है कि उसे पता भी न चले और उसका साथी दोहरी ज़िन्दगी जीता रहे।"

"मैं तो एक कहानी सुना रही थी...क्या पता किसी की असली ज़िन्दगी में भी ऐसा ही हुआ हो? लेखक भी तो कहीं-न-कहीं ज़िन्दगी से ही कहानियाँ तलाशता है।"

"तू तो ऐसे कह रही है जैसे सचमुच किसी को जानती है जिसके जीवन में ऐसा घटा हो..." मिसेज़ मेहरोत्रा की आवाज़ लरज़ रही थी और उन्हें अपने चेहरे पर टिकी रानो की नज़रें कुछ चुभती-सी लग रही थीं।

अचानक रानो के एक वाक्य से कमरे में भूचाल-सा आ गया, "हाँ, मैं जानती हूँ...और...और तू भी जानती है..."

मिसेज़ मेहरोत्रा का चेहरा पूरी तरह से स्याह पड़ गया, उस सर्द रात एक बार फिर उनके माथे पर पसीना झलकने लगा था और वे हिस्टीरिकल होकर बार-बार कुछ अस्फुट-सा बुदबुदा रही थीं। थोड़ी देर में उनकी आवाज़ साफ़ हुई तो रानो समझ पायी कि वे उसी को सम्बोधित कर एक ही सवाल उछाल रही थीं– "मेहरोत्रा साहब सालोसाल मुझे धोखा देते रहे...तुझे कैसे पता है...मुझे तो आज तेरी कहानी सुनकर लगा कि वे हर साल दशहरे के मौक़े पर गुरु जी के आश्रम जाने की बात कहकर सिर्फ़ मुझे धोखा देते थे...यह बात मुझे क्यों नहीं खटकी कि हर जगह जाते समय मुझे साथ चलने की ज़िद करनें वाले मेहरोत्रा साहब ने आश्रम जाते समय एक बार भी मुझसे चलने का आग्रह नहीं किया। बाद में तो पूछते भी नहीं थे, मुझे सिर्फ़ सूचना मिलती थी कि वे फ़लाँ तारीख़ को जा रहे हैं..." हिचकियों की वजह से मिसेज़ मेहरोत्रा का शरीर हौले-हौले हिल रहा था। "दुःख इस बात का है कि मुझे धोखा दिया गया।"

"तूने भी तो किसी को धोखा दिया था।"

मिसेज़ मेहरोत्रा ने चौंककर देखा, रानो के चेहरे पर एक अजीब-सी रहस्यमयी मुस्कान बिखरी हुई थी, एक क्षण के लिए वे सिहर गयीं, उन्हें इसमें कुटिलता भी दिखी।

"क्या बात करती है, मैंने मेहरोत्रा साहब को कब धोखा दिया, मैंने तो जीवन-भर टूटकर उन्हें सिर्फ़ प्यार ही किया।"

"मैंने कब कहा कि तूने रतन को धोखा दिया। धोखा तो उसे दिया जिससे उसे छीना था तूने।"

"क्या कह रही है तू..." विस्फारित नज़रों से रानो को घूरती रहीं मिसेज़ मेहरोत्रा।

"मैं जो कह रही हूँ, तू अच्छी तरह से जानती है। याद कर भवाली का वो सैनिटोरियम जहाँ से रतन को कोई मौत के मुँह से निकालने की कोशिश कर रहा था और तू उससे उसे छीन ले गयी। क़ुदरत का इंसाफ़ देख रतन जब तक जिया वहीं प्रायश्चित करने हर साल आता रहा और दस दिन उसी के साथ रहता जिससे तू उसे छीन ले गयी थी। बाद में रामगढ़ में मकान बनवाने के लिए तुझे उसी ने तैयार किया और गर्मियाँ बिताने के बहाने तुझे लेकर आता और फिर तय तारीख़ों पर दस दिन भवाली में रहता, उसी मकान में जहाँ से तू उसे उड़ाकर ले गयी थी, उसी के साथ जिससे तूने उसे छीना था। यह मकान भी कई मालिकों के हाथों से गुज़रता हुआ, छोटे-बड़े परिवर्तनों के साथ वहीं खड़ा था और थोड़ी मेहनत के बाद हर साल उन्हें किराये पर मिलने लगा था।"

"तुझे इतना सब कैसे पता है..." अचानक मिसेज़ मेहरोत्रा का चेहरा विकृत हो गया, उनके बदन में ऐंठन-सी होने लगी थी, उन्होंने तड़पकर उठने की कोशिश की पर जैसे किसी ने उनकी पूरी शक्ति निचोड़ ली थी, वे उसी तरह निढाल पड़ी रहीं और सिर्फ़ इतना कह पायीं, "सुदेश...! तू कॉलेज के दिनों वाली सुदेश ही है न ! जब रामगढ़ में पहली बार तूने अपना परिचय कराया था तब एक बार तो मुझे लगा था कि तेरा नाम कहीं सुना है पर यह तो बहुत ज़ोर देने पर भी याद नहीं आया कि कहाँ मिले थे पहले।"

"चल तूने पहचान लिया। आज तू नहीं बचेगी। अच्छा हुआ जो पिछले कई दिनों से तू बच रही थी और आज मुझे पहचानकर मरेगी। मैं चाहती भी थी कि द ण्डित होने के पहले तुझे पता तो चले कि तुझे किस बात के लिए और किसके हाथों सज़ा मिल रही है।"

इसके बाद कमरे में बड़ी तेज़ रफ़्तार से घटनाएँ घटीं। जितनी फुर्ती से रानो ने अपने फिरोन से लम्बा-सा चाक़ू बाहर निकाला और आतंक से जड़ हो चुकी मिसेज़ मेहरोत्रा पर झपटी, लगभग उतनी तेज़ी से उनके दीवान के पीछे का पर्दा हिला और शर्मा के एक दुहत्थड़ ने उनका सन्तुलन बिगाड़ दिया। गिरते-गिरते भी उनका वार मिसेज़ मेहरोत्रा का नुक़सान कर सकता था पर सही वक़्त पर एनी के हाथ का तकिया ढाल की तरह उनके और चाक़ू के बीच आ गया।

"तो ये तुम थे शर्मा...मुझे तो उसी दिन शक हो जाना चाहिए था जब मेरे कमरे से फ़ोटो चोरी हुई थी...पर मान गयी तुम्हें...चलो अब मेरे ऊपर से उठो या बूढ़ी हड्डियों को तोड़ डालने का ही इरादा है..." रानो कराहती हुई बोली तो उसे ज़मीन पर दबोचे शर्मा ने अपनी पकड़ ढीली ज़रूर की पर पूरी तरह से आज़ाद तभी किया जब उसके हाथ का चाक़ू एनी ने छीनकर अपने हाथों में ले लिया। उसने रानो को सहारा देकर वापस दीवान पर बिठा दिया और ख़ुद इस तरह उनकी बग़ल में बैठ गया कि उनकी हर हरकत पर नज़र रख सके।

"ये सब क्या हो रहा है, भाई...मुझे कुछ समझ नहीं आ रहा..." सारे घटनाक्रम से दहशत और विस्मय में डूबी मिसेज़ मेहरोत्रा के मुँह से मुश्किल से चन्द बोल फूटे।

"मैं सब समझाता हूँ। पर्दे के पीछे खड़े मैंने जो सुना है, उससे मुझे भी काफ़ी सारी कड़ियाँ जोड़ने में मदद मिली है। परसों शाम तक मुझे यह तो समझ में आ गया था कि आपको रानो जी से कोई गम्भीर ख़तरा है पर वे आपका नुक़सान क्यों करना चाहती हैं यह समझ नहीं आ रहा था।"

"पर तुम बिना मेरी जानकारी के पर्दे के पीछे पहुँचे कैसे?", मिसेज़ मेहरोत्रा को अभी भी विश्वास नहीं हो पा रहा था कि वे रानो के ठीक पीछे छुपे शर्मा की वजह से ज़िन्दा बच निकली हैं।

"आप धैर्य रखें तो मैं सारी चीज़ें स्पष्ट कर सकूँगा...एनी, तुम सामने से इनके बेटे और बहू को भी बुला लाओ। मुझे लगता है कि उन्हें भी सब कुछ सुनना चाहिए, यह भी कि मैं तो उन्हीं पर शक कर रहा था।"

एनी बाहर गयी और फ़ौरन ही वापस लौट आयी, पीछे-पीछे मिसेज़ मेहरोत्रा के बेटा-बहू भी अन्दर घुसे। स्पष्ट था कि वे अपने कमरे की खिड़की से बग़ल वाले घर में चल रही अस्वाभाविक चहल-पहल देख रहे थे और इसी बुलावे की प्रतीक्षा में थे।

"पहले तो इसी सवाल का जवाब कि मैं यहाँ पहुँचा क्यों और कैसे...दरअसल इस नतीजे पर तो मैं परसों दोपहर ही पहुँच गया था कि आपकी जान को रानो से ख़तरा है। उस दिन रानो के घर से मैं एक फ़ोटो चुरा लाया था। तब तक तो माफ़ कीजिएगा, मुझे आपके बेटे-बहू पर शक था," शर्मा ने कनखियों से बेटे-बहू के चेहरों पर उड़ती नज़र डाली, वे अचकचाये से घटनाक्रम को समझने की कोशिश कर रहे थे।

"मुझे माफ़ कीजिएगा, मैंने आपकी ग़ैर-जानकारी में आपके परिवार की बहुत-सी निजी जानकारियाँ एकत्रित कर ली हैं। मुझे लगने लगा था कि आपके बेटे-बहू मानते हैं कि आप अपनी सम्पत्ति का एक बड़ा हिस्सा उनकी बहन यानी अपनी बेटी

को देना चाहती हैं। अब इस प्रसंग को लेकर आपके घर में जो विवाद चल रहे हैं, उन्हें भी मैं जान चुका हूँ पर मुझे नहीं लगता कि उन्हें यहाँ दोहराना आपको अच्छा लगेगा। आपके बेटों को यह भी शक है कि मेहरोत्रा साहब ने कोई वसीयत छोड़ रखी है जिसे आपने उनसे कहीं छिपाकर रख दिया है। उनकी पहुँच से दूर सबसे सुरक्षित स्थान रामगढ़ का यह मकान ही हो सकता था। इसीलिए आपके बेटे-बहू भी आपके यहाँ आने के साथ ही ख़ुद भी आ गये।"

एक बार फिर शर्मा ने बोलना बन्द कर बेटे-बहू के चेहरों पर नज़र डाली, बहू नाराज़गी का भाव लिये एनी को घूर रही थी, वहीं बेटा स्याह चेहरा और सूनी आँखों से शून्य में ताक रहा था।

"जिस दिन रानो जी के जन्मदिन की दावत हुई थी, उसी दिन समझ में आ गया कि आप दोनों के रिश्तों को तल्ख़ करने में आपके दिवंगत पति का हाथ है पर रहस्य कुछ हद तक आज खुला है। पूरा तो अभी भी नहीं...शायद आप या रानो जी कुछ बोलेंगी तो सब कुछ स्पष्ट होगा...हालाँकि मैं इसके लिए आपसे बहुत आग्रह नहीं करूँगा क्योंकि इससे आप दोनों की निजता का उल्लंघन होगा...बहरहाल आपके सवाल पर आता हूँ।" शर्मा थोड़ी देर सुस्ताने के लिए रुका और कनखियों से रानो जी को देखा। वह पूरी तरह से भाव-शून्य बैठी थी जैसे किसी और के बारे में बातें हो रही हों।

"परसों दावत के दौरान मेरे हाथ एक तस्वीर लगी थी और मेरी समझ में आ गया था कि आपको कौन मारना चाहता है। यह तस्वीर आपके मरहूम पति मेहरोत्रा साहब की थी जो इस ड्राइंग रूम में टँगी है," शर्मा ने दीवाल पर फ्रेम में जड़ी तस्वीर की तरफ़ इशारा किया, "आप कल सुबह जा रही थीं, इसलिए मुझे यह भी पता था कि हत्यारे के पास सिर्फ़ अड़तालीस घण्टे हैं। कमोबेश ज़ाहिर हो गया था आपको नुक़सान रानो जी की ही वजह से होगा पर यह तो आज शाम ही स्पष्ट हो पाया कि रानो जी ख़ुद आपको मारने की कोशिश करेंगी। आपने शाम तीन बजे मुझे फ़ोन कर डिनर के लिए निमन्त्रित किया और आपके फ़ोन से मुझे पता चला कि मेरे अलावा सिर्फ़ प्रशान्त, उसकी पत्नी और रानो जी रात भोजन पर आपके साथ रहेंगे। प्रशान्त से मेरी बात हुई थी कि शाम को पहले उसके यहाँ इकट्ठे होकर हम ड्रिंक्स लेंगे और फिर वहाँ से तीनों साथ आपके यहाँ के लिए निकलेंगे। प्रशान्त का घर ड्रिंक्स के लिए चुनने के पीछे कारण सिर्फ़ यही था कि वहाँ से आपके घर का रास्ता साफ़ दिखता है। इसीलिए मैं पिछले दो दिनों से ज़्यादा वक़्त उसी के यहाँ ही बिता रहा था। वह इस मामले में मेरा हमराज़ भी था।

मेरे दिमाग़ की घण्टियाँ तब बजीं जब शाम छह बजे के क़रीब मेरे मोबाइल फ़ोन पर व्हाट्सऐप के सन्देश की रिंगटोन आयी। स्क्रीन पर रानो जी का मेसेज पड़ा था। मैंने जो पढ़ा उसने मुझे चौंका भी दिया और यह भी स्पष्ट कर दिया कि फ़ौरन तेज़ हरकत करनी होगी। स्वाभाविक था कि प्रशान्त जानना चाहता था कि किसका सन्देश है कि मैं बेचैन हो उठा हूँ।

"लगता है, ख़तरा सिर पर आ पहुँचा है। मिसेज़ मेहरोत्रा ने रानो जी को आज के डिनर रद्द होने की सूचना हमें देने के लिए दोपहर को ही कहा था पर ये अब व्हाट्सऐप पर सन्देश भेज रही हैं...ये लिख रही हैं कि तुम्हें भी मिला रही थीं...नहीं मिलने पर मुझे बताने को कहा है।"

"पर मुझे तो थोड़ी देर पहले ही मिसेज़ मेहरोत्रा का फ़ोन आया था...वे मुझसे ड्रिंक्स की बाबत पूछ रही थीं...मैंने कहा कि उन्हें परेशान होने की ज़रूरत नहीं है, तुम मेरे यहाँ ड्रिंक्स लोगे और फिर हम साथ ही आयेंगे...अब ये क्या चक्कर है?"

"कोई चक्कर नहीं भाई, जिस बात का ख़तरा था वो आन पहुँचा है।"

थोड़ी देर दूसरों की प्रतिक्रिया भाँपने के बाद शर्मा ने बात आगे बढ़ाई, "मेरा दिमाग़ तेज़ी से दौड़ रहा था, कभी भी अनर्थ हो सकता है। मुझे फ़ौरन सक्रिय होना पड़ेगा। मैंने अपने गिलास की व्हिस्की एक घूँट में ख़त्म की और झटके से उठ खड़ा हुआ। प्रशान्त ने पूछा कि क्या वह भी मेरे साथ आये पर मैंने उसे रोक दिया। उसके लिए मेरी हिदायत थी कि वह आपके घर पर किसी आड़ में छिपकर नज़र रखे। मैंने तेज़ हरकत करते हुए इंस्पेक्टर नेगी से बात कर उसे कुछ सन्देश दिये। प्रशान्त ध्यान से हमारी बातें सुन रहा था। उसे यह बताते हुए कि नेगी घण्टे-भर में पहुँच जायेगा और उसे लेकर सावधानीपूर्वक हरकत करनी थी क्योंकि कभी भी रानो जी आपके यहाँ आने के लिए उधर से गुज़र सकती थीं।

आपके घर की खड़ी सड़क पर लगभग मैं दौड़ते हुआ चढ़ा। अब तक तो आप जान ही चुकी होंगी कि एनी मेरी राज़दार थी। वही आपके साथ सबसे अधिक होती थी, इसलिए आपकी सुरक्षा के लिए मुझे उसे राज़दार बनाना ज़रूरी था। जिस दिन मेरी समझ में आ गया कि आपकी नौकरानी की मृत्यु दुर्घटनावश नहीं हुई और निशाने पर आप थीं, उसी दिन मैंने तय किया कि एनी को बताना ही पड़ेगा। यह लड़की मेरी उम्मीद से ज़्यादा समझदार निकली। पिछले इतवार को दूध का गिलास एनी की हड़बड़ाहट से नहीं गिरा था, उसे बड़ी होशियारी से इसी ने नाटक कर गिराया था। दूध आपको पीना था, अभागी बिल्ली तो गिरा दूध पीकर मरने के लिए वहाँ आ धमकी थी। आज भी जैसे ही मैंने मिस्ड कॉल दिया वह बाहर निकल

आयी और लगभग दौड़ते हुए चढ़ाई चढ़ने की वजह से जिस तरह मैं हाँफ रहा था, उसे देखते ही वह समझ गयी कि कोई ख़तरा सर पर है। ग़नीमत थी कि आप अपने कमरे में आराम कर रही थीं और अभी बहादुर नहीं आया था, इसलिए पूरी तरह सन्नाटा था। मुझे उसे अच्छी तरह से समझाने का मौक़ा मिल गया। हमने बिना आहट ड्राइंग और डाइनिंग रूम का हर कोण से मुआयना किया और कोने में रखे दीवान को ही रानो जी के बैठने के लिए चुना। कारण बड़ा स्पष्ट था...इधर देखिए इसके पीछे बड़ा-सा पर्दा है जिसकी आड़ में मैं छिपकर खड़ा रह सकता था। रानो जी का हाथ पर्दे पर लगकर खेल बिगाड़ न दे, इसलिए एनी ने दीवान और पर्दे के पीछे ब्लोअर को एक स्टूल पर ऐसे रखा कि पर्दे तक उनका हाथ न पहुँचे...उसने कैसे रानो जी को दीवान से हटने नहीं दिया, इसे तो आपने देख ही लिया होगा।"

"पर तुम्हें रानो पर सबसे पहले शक कैसे हुआ...यह मुझे क्यों मारना चाहती है..." मिसेज़ मेहरोत्रा की आवाज़ में उलझन थी।

"ये आपको क्यों मारना चाहती हैं...इसे तो ये ही बतायेंगी...अब इनका खेल ख़त्म हो चुका है तो मुझे लगता है कि अब ये बता भी देंगी। मुझे ख़ुद बड़ी उत्सुकता है जानने की...मैं तो ये बता सकता हूँ कि मुझे इन पर शक इनके घर मिली एक तस्वीर से हुआ था। याद कीजिए...इनके बर्थडे का लंच। इनकी बेटी ने रामगढ़ के हर प्रवासी को बुला रखा था, काफ़ी चहल-पहल थी। आपको शायद ही याद हो कि प्रशान्त और मैं आपको चेहरे दिखाकर कहीं ग़ायब हो गये थे। अब तो बता सकता हूँ कि उस दिन मैं आप दोनों के घरों में सेंध लगा रहा था", शर्मा ने कनखियों से बेटे और बहू के परेशान चेहरों को देखा और बोलना जारी रखा, "मैं और प्रशान्त जान-बूझकर इधर-उधर मँडराते रहे और थोड़ी देर से आपके सामने पहुँचे थे। आप और रानो जी बरामदे के कोने में बड़े-से डहेलिया खिले गमले की बग़ल में बैठी थीं। दोनों ने मुझे देखकर एक ही सवाल पूछा था कि मैं अब तक कहाँ था और मैंने दोनों को एक ही जवाब दिया था कि मैं यहीं था यानी दावत में ही और जल्दबाज़ी में दोनों को मैंने अलग-अलग जगहें बतायीं पर आप दोनों ने बहुत ध्यान नहीं दिया।

आपको तो नहीं पर शायद रानो जी को याद होगा कि मैं उनकी इजाज़त लेकर उनके घर में वाशरूम इस्तेमाल करने गया था।"

"तो तुम थे, जिसने मेरे कमरे से रतन मेहरोत्रा की तस्वीर चुरायी थी?" रानो जी की हताश आवाज़ ने लोगों का ध्यान भंग किया।

"जी, मैं ही था। दरअसल उसी सुबह इंस्पेक्टर नेगी ने मुझे एक ऐसी सूचना दी कि मेरा ध्यान आपकी तरफ़ भी गया। मैं माफ़ी चाहता हूँ कि तब तक मेरा शक

सिर्फ़ जितेन्द्र और रीना पर ही था" शर्मा ने एक बार फिर कनखियों से मिसेज़ मेहरोत्रा और उनके बेटे-बहू को देखते हुए बोलना जारी रखा, "एनी को काम करने के लिए वहाँ बुलाया गया था और उसी की मदद से मैं उस बेडरूम तक पहुँचा जो रामगढ़ प्रवास के दौरान रानो जी की रिहायश हुआ करता था और जिसमें बिना इजाज़त उनकी बेटी भी नहीं आती थी। वे ख़ुद कहीं बाहर जातीं तो ताला लगाकर जातीं। इस कमरे की रहस्यमयता के बारे में उनके नौकरों द्वारा प्रचारित सूचनाएँ एनी से होती हुई मुझ तक पहुँचती रहती थीं। पर वहाँ मुझे जो कुछ मिला, उसने तो मुझे पूरी तरह से चकरा ही दिया। कमरे की तलाशी लेते हुए अचानक मेरी नज़र एक फ्रेम की हुई छोटी-सी तस्वीर पर पड़ी जो उन्होंने कपड़ों के वार्डरोब में छुपाकर रख रखा था। तलाशी लेते हुए मेरी नज़र उस पर पड़ी और मुझे लगा कि मैंने इस शख़्स को कहीं देखा है। कहाँ देखा है? अचानक मैं उछल पड़ा और फ्रेम से निकालकर उस तस्वीर को तोड़-मरोड़कर अपने पैंट की जेब में खोंसकर बाहर निकल आया। मिसेज़ मेहरोत्रा वह यही तस्वीर थी..." शर्मा ने मिसेज़ मेहरोत्रा के पीछे दीवाल पर टँगी सुनहरे फ्रेम में जड़ी तस्वीर की तरफ़ इशारा किया, "मैं जब भी आपके ड्राइंग रूम में बैठा, मेरा ध्यान इस ख़ूबसूरत तस्वीर पर ज़रूर गया था।"

कमरे में सन्नाटा छा गया। फ्रेम में रतन मेहरोत्रा की तस्वीर थी। तस्वीर उनकी जवानी की थी और हँसते हुए उनके चेहरे के पीछे पहाड़ों से स्पष्ट था कि नौजवानी के दिनों रतन ने किसी पहाड़ी के दामन में घने दरख़्तों के बीच इसे खिंचवाया था।

"यह बड़ा रहस्य था कि मेहरोत्रा साहब की तस्वीर रानो जी के कमरे में क्या कर रही थी? कुछ अन्दाज़ तो आज इनकी बातें सुनकर हुआ पर सच तो यही उजागर करेंगी। आगे की कहानी अब रानो जी बतायेंगी। मुझे उम्मीद है कि अब तक इनकी समझ में आ ही गया होगा कि इनका खेल ख़त्म हो गया है...बतायें, रानो जी!"

शर्मा ने अपनी निगाहें रानो के चेहरे पर टिका दीं। उनके चेहरे का रंग पल-प्रतिपल बदल रहा था। उदासी के मुक़ाबिले उस पर हार जाने की खीझ अधिक थी। देर तक चली उनकी चुप्पी से कमरे की ख़ामोशी बोझिल होती गयी।

"तू मुझे क्यों मारना चाहती थी, रानो...कुछ-कुछ समझ में आ तो रहा है पर यह इतना उलझाव-भरा है कि तेरे मुँह से सुनकर ही चीज़ें साफ़ होंगी...बोल रानो बोल", मिसेज़ मेहरोत्रा ने आजिज़ी से रानो की तरफ़ देखा।

"तुझे बताये बिना मुक्ति भी तो नहीं मिलेगी...बताना ही पड़ेगा। इतना बता दूँ शर्मा, तुम क़ानूनन मेरा कुछ नहीं बिगाड़ पाओगे..."

"अब यह मत कहिएगा कि आप तो यहाँ हैं ही नहीं...आप तो भवाली में हैं इस समय..." शर्मा कुटिलता से मुस्कराया तो दोनों बूढ़ी औरतों के साथ कमरे में मौजूद हर शख़्स ने चौंककर उसे देखा।

रानो उदास आँखों से शर्मा को ताकती रही, कुछ बोली नहीं। उनकी समझ में आ गया था कि उनका खेल ख़त्म हो गया है।

"इनके नौकर सन्तोष को भवाली थाने का इंस्पेक्टर नेगी लेकर चल चुका है और कभी भी यहाँ पहुँच सकता है। हर घटना के पहले सन्तोष इनका मोबाइल और डेबिट कार्ड लेकर भवाली चला जाता था। आज भी प्रशान्त के यहाँ से निकलते समय मैंने इन्हें फ़ोन किया और उम्मीद के मुताबिक़ इनका फ़ोन व्यस्त था और मुझे अपने फ़ोन पर एक सन्देश मिला कि अभी उनके नम्बर से बात नहीं हो सकती और वे जल्द ही बात करेंगी। मैं इस सन्देश के लिए तैयार था। मैंने इंस्पेक्टर नेगी को यह टास्क दिया था कि वे उन सभी घटनाओं के दौरान जब मिसेज़ मेहरोत्रा की जान को ख़तरा पैदा हुआ था तो उनके इर्द-गिर्द रहने वाले लोगों की लोकेशन उनके मोबाइल को ट्रेस कर पता करें। मेरा मुख्य शक तो जितेन्द्र और रीना पर था।

जिस दिन आपकी नौकरानी सनसेट प्वाइंट पर मरी, मातमपुर्सी के लिए देर से पहुँचने वालों में ये दोनों भी थे। एक दिन सुबह जब आप अपनी सीढ़ी से गिरते-गिरते बची थीं, उस दिन इत्तेफ़ाक़ से मैं भी आपके यहाँ था और आपकी जगह मैं लड़खड़ाया था। सीढ़ियों के नीचे की मिट्टी हटायी गयी थी और इसके लिए जिस खुरपे का इस्तेमाल किया गया था, वह भी इन्हीं के घर से आया था। जिस दिन आपकी बिल्ली मरी, उस दिन आपकी बहू रीना देर तक आपके किचन में रही थी, इसलिए इसबग़ोल के डिब्बे में ज़हर उन्होंने मिलाया होगा, ऐसा शक मुझे हुआ। यह तो जब नेगी ने लोकेशन की गुत्थी सुलझायी तब मुझे ध्यान आया कि किचन में तो रानो जी भी गयी थीं, भले ही थोड़ी देर के लिए, और वे भी यह काम कर सकती थीं। नेगी ने जो जानकारी इकट्ठी की थी, उसके अनुसार हर वारदात के समय रानो जी की लोकेशन भवाली में होती। यह अन्दाज़ लगाना मुश्किल नहीं था कि कोई व्यक्ति ऐन उस वक़्त जब वे कोई कारनामा अंजाम दे रही होतीं, उनका मोबाइल और डेबिट कार्ड लेकर भवाली चला जाता। वह वहाँ से उनके फ़ोन से कुछ सन्देश भेजता या मिस्ड कॉल करता और किसी एटीएम पर जाकर कार्ड से कुछ पैसे निकालता। नेगी के लिए यह मालूम करना मुश्किल नहीं था कि यह व्यक्ति रानो जी का नौकर सन्तोष था।

मैंने कहा था कि मुझे शुरू में आपके बेटे पर शक था और स्वाभाविक रूप से आपके यहाँ हुई चोरी में मैंने बेटे-बहू का हाथ समझा था। जब चौकी इंचार्ज रामगढ़ की तफ़तीश से यह पता चला कि आपके यहाँ से कुछ भी मूल्यवान चोरी नहीं हुआ तो मुझे लगा कि शायद सम्पत्ति के दस्तावेज़ों की तलाश में चोर आया होगा पर दूसरे ही दिन आपने उसे बताया कि वे भी एक अटैची मे सुरक्षित मिल गये। वैसे भी चोरी वाले दिन बेटा-बहू आपके साथ सनसेट प्वायंट पर थे। तभी मैं समझ गया कि चोरी सिर्फ़ हमें उलझाने के लिये की गयी थी।

अपने फ़ोन पर रानो जी का सन्देश मिलने के बाद ही मेरा विश्वास और पुख़्ता हो गया कि आज आप पर ज़रूर हमला होगा, इसलिए मैंने आपके घर की तरफ़ बढ़ने की रफ़्तार और बढ़ा दी। उन्हें पता था कि इस समय घर पर सिर्फ़ आप और एनी होंगे और आज तो इनका इरादा आप दोनों को क़त्ल करने का था। अगर आज ये सफल हो गयी होतीं तब तो इनको पकड़ पाना और मुश्किल होता क्योंकि आज भी अपने मोबाइल की लोकेशन के मुताबिक़ ये भवाली में होतीं। जिस दिन सनसेट प्वाइंट पर आपकी आया पत्थर से कुचलकर मरी, पूरा रामगढ़ वहाँ इकट्ठा हो गया। नहीं थे तो सिर्फ़ आपके बेटे-बहू और रानो जी जो अपने मोबाइल की लोकेशन के मुताबिक़ भवाली में थीं। मुझे इसीलिए आपके बेटे-बहू पर शुरू से शक था। रानो जी तीन घण्टे बाद आपके यहाँ संवेदना प्रकट करने के लिए पहुँचीं। आपको याद होगा कि मैं इस घटना के दिन रामगढ़ पहुँचा था और मुझे बाज़ार में ही इसकी जानकारी मिली थी। घर पर सामान रख मैं सीधे आपके घर मातमपुर्सी के लिए गया। वहीं एनी से बात कर मुझे लग गया कि यह दुर्घटना नहीं हत्या है। एनी आया के साथ ही थी और आपके पुकारने पर थोड़ी देर के लिए वहाँ से हटी थी। वह पहली व्यक्ति थी जिसने ऊपर से पत्थर लुढ़कते देखा था और चिल्लाकर आया को सतर्क करने की कोशिश की थी। यह अलग बात है कि देर हो चुकी थी और आया जब तक सँभलती पत्थर उसका काम तमाम कर चुका था।

मैंने क़िश्तों में कई बार एनी से बातें कीं और हर बार उसकी ज़ुबान एक बिन्दु पर आकर अटक जाती। जब उसने ऊपर से पत्थर लुढ़कते देखा, उसी समय उसे लगा कि ऊपर चीड़ के दरख़्त के पास लाल रंग का कोई धब्बा कौंधा और ग़ायब हो गया। उसे लगा कि कोई लाल रंग का कपड़ा पहने ऊपर था पर सब कुछ इतनी तेज़ी से घटा कि वह उस पर ध्यान केन्द्रित नहीं कर सकी। ख़ुद को पत्थर से बचाने के लिए वह झपटकर ऐसी जगह पहुँच गयी जहाँ से उसे पहाड़ियों के ऊपर चीड़ दिखना बन्द हो गया। बाद में सँभलने के बाद उसने फिर ऊपर देखा तो वहाँ कुछ नहीं

था। पर उसे कोई शक नहीं था कि उसने चटख़ लाल रंग देखा था। तभी मुझे शक हुआ था कि ऊपर कोई था जिसने लाल रंग का कुछ पहन रखा था। जितनी चटख़ लाल रंग का धब्बा उसने देखा था, उस रंग की एक शाल आपकी बहू ओढ़ती थी।

सबसे बड़ा सवाल था कि कोई आया को क्यों मारना चाहेगा?

मुझे अपने आने के दूसरे दिन ही शक हुआ कि निशाना आप हो सकती थीं। आपको वह दिन याद होगा जब आया की माँ उसकी अन्तिम क्रिया के बाद वापस आपके घर के लॉन में औरतों से घिरी बैठी थी और उसके कपड़े-लत्ते सहेजकर रो रही थी। मैं उसी समय आपके घर पहुँचा था। वह काफ़ी देर तक एक शाल को सीने से चिपटाये रोती रही। भूरे रंग की यह शाल आया ने उस शाम ओढ़ रखी थी जब पत्थर उसके सर से टकराया था। उसके विलाप से पता चला कि शाल एक दिन पहले ही आपने उसे दी थी। आपने मुझे बताया था कि उस दिन बारिश हुई थी और जब सनसेट प्वाइंट से आप लोग लौटे तो आया ठण्ड से सिकुड़ी जा रही थी। आपने अपनी शाल उतार कर उसे दे दी थी। दूसरे दिन शाम यही शाल पहनकर वह आपके साथ सनसेट प्वाइंट गयी। इसी विवरण को सुनकर मुझे लगा कि अगर पत्थर का लुढ़कना दुर्घटना नहीं था तो कोई आपको मारना चाहता है। पर आपको कौन मारना चाहेगा? यही एक सवाल था जिसका उत्तर तलाशने में मैं पिछले एक हफ़्ते से लगा था। परसों उत्तर मिल भी गया पर मेरी उम्मीद से कहीं पहले हत्यारा आज रँगे हाथ पकड़ा गया।"

शर्मा थोड़ी देर सुस्ताने के लिए रुका। कमरे में इस क़दर ख़ामोशी पसरी हुई थी कि वहाँ बैठे सभी एक-दूसरे की साँसों की आवाज़ सुन सकते थे। शर्मा के लिए अभी भी कुछ गुत्थियाँ अनसुलझी थीं। उसने रानो जी और मिसेज़ मेहरोत्रा, दोनों की तरफ़ देखते हुए एक बार फिर अपना सवाल दोहराया, "क्यों मारना चाहती थीं रानो जी, मिसेज़ मेहरोत्रा को आप?"

मिसेज़ मेहरोत्रा ने बेचैनी से पहलू बदला।

"बता न रानो, शर्मा तुझे क़ानून से सज़ा दिलवा देगा मगर ये तो बता मुझे कैसे चैन पड़ेगा? रतन के जवानी की तस्वीर तेरे कमरे में कैसे पहुँची? एक बार भवाली से ले जाने के बाद तो मैं निश्चिन्त हो गयी थी कि अब तेरा उसका सम्पर्क ख़त्म हो गया है। कहीं मार्खेज़ की कहानी तेरी मेरी ज़िन्दगी में तो नहीं घट रही थी..."

राख पुता सफ़ेद हो चुका चेहरा नीचे झुकाये रानो जी के ओठ कुछ हिले ज़रूर पर उनसे ऐसी कोई ध्वनि नहीं निकली जिसे सुना जा सके।

कमरे का सन्नाटा टूटा बाहर बरामदे से आने वाली आवाज़ों से। शर्मा को छोड़कर सबने चौंककर बन्द दरवाज़े की तरफ़ देखा।

"एनी, दरवाज़ा खोल दो...प्रशान्त और भवाली थाने से इंस्पेक्टर नेगी हैं...।" एनी ने दरवाज़ा खोला और धड़धड़ाते हुए इंस्पेक्टर नेगी और प्रशान्त अन्दर घुस आये। उनके साथ रानो जी का नौकर सन्तोष और भवाली थाने के कुछ स्टाफ़ थे। कमरे में चल रही बातों के बीच शर्मा ने प्रशान्त के मोबाइल पर उन्हें आने का सन्देश भेज दिया था।

"बैठिए इंस्पेक्टर साहब, आप वक़्त से ही आ गये हैं। आज जिस हत्या की आशंका मुझे थी, वो तो टल गयी पर आया की हत्या का मुलज़िम आपके सामने है।"

कमरे में बैठने की जगह कम थी, इसलिए नेगी ने प्रशान्त के अलावा बाक़ी लोगों को बाहर इन्तज़ार करने का इशारा किया और ख़ुद ख़ाली जगह तलाशकर बैठ गया। उसकी नज़रें कमरे में घूमती हुई रानो जी के ज़मीन पर निगाहें टिकाये चेहरे पर अटक गयीं।

"आज मुझे जैसे ही लगा कि मिसेज़ मेहरोत्रा की जान ख़तरे में है", शर्मा ने स्पष्ट किया, "मैंने बताया ही था कि यहाँ आने के पहले इंस्पेक्टर नेगी को फ़ोन कर सन्तोष को भवाली में तलाशने और फ़ौरन प्रशान्त के यहाँ पहुँचने का अनुरोध किया था। मुझे ख़ुशी है कि उन्हें किसी नयी हत्या की तफ़्तीश नहीं करनी पड़ेगी बल्कि पुरानी हत्या की गुत्थी उसी तरह इनके सामने खुलेगी जैसी मुझे उम्मीद थी। लो भाई इंस्पेक्टर साहब आपका मुलज़िम आपके सामने है।" नेगी ख़ुद को अहमक़ समझ रहा था। वह आँखें फाड़े कमरे में चारों तरफ़ देखता रहा, वहाँ बैठे किसी शख़्स के चेहरे पर पढ़ सकने वाला कुछ नहीं था, सभी थके उदास लग रहे थे। नेगी को शर्मा ने यह तो बताया था कि रामगढ़ में मिसेज़ मेहरोत्रा की आया की मृत्यु दुर्घटना नहीं थी पर वह हत्या थी, इसका खुलासा आज होने जा रहा है, यह जानकर वह सतर्क हो गया।

"नेगी तुम्हें याद होगा, मैंने तुम्हें बड़े यक़ीन से बताया था कि मिसेज़ मेहरोत्रा की आया की मृत्यु किसी दुर्घटना की वजह से नहीं हुई थी बल्कि उसका क़त्ल हुआ है। मैंने अपने इस विश्वास के कारण भी तुम्हें बताया था और आज यहाँ बैठे लोगों को भी बताया है। रामगढ़ में आया की मौत के बाद कई अस्वाभाविक घटनाएँ घटी थीं और उन्हीं की वजह से उस ख़तरे की ओर मेरा ध्यान आकर्षित हुआ था जो मिसेज़ मेहरोत्रा की ज़िन्दगी पर मँडरा रहा था। उसके बाद उनको नुक़सान पहुँचाने के कई प्रयास हुए और अपनी क़िस्मत से वे हर बार किसी-न-किसी तरह बचती रहीं। मैं

तुम्हें सब बताता ही रहा हूँ। इन लोगों को मैं यह भी बता चुका हूँ कि कैसे हर घटना के वक़्त तुमने रानो जी की लोकेशन भवाली में पकड़ी थी। अब तो हम रानो जी के मुँह से यह सुनने जा रहे हैं कि वे मिसेज़ मेहरोत्रा को मारना क्यों चाहती थीं?"

कमरे में एक असहज-सा सन्नाटा पसर गया। काफ़ी देर बाद रानो जी ने अपना सिर उठाया, मिसेज़ मेहरोत्रा की आँखों में आँखें डालीं और बोलना शुरू किया, "आज से पचास साल पहले का भवाली याद है न तुझे। याद कैसे नहीं होगा? रतन को ढूँढ़ती वहीं तो आयी थी तू। मुझसे भी तो वहीं पहली मुलाक़ात हुई थी। पहली इसलिए कह रही हूँ कि उस वक़्त तो तूने यह भी नहीं पहचाना कि मैं भी तेरे और रतन के साथ एक ही क्लास में पढ़ती हूँ। अपने रूप और धन के ग़रूर में तू पहचानती भी कैसे? क्लास में दो-तीन लड़के-लड़कियाँ ही कारों से आते थे और वही तेरी दुनिया थी। मेरे जैसी साधारण सलवार-सूट पहनने और साइकिल से कॉलेज आने वाली लड़की पर तेरी नज़र नहीं पड़ी तो कोई आश्चर्य नहीं। तेरे जैसी नकचढ़ी और पैसेवालियों के ग्रुप के लिए सिर्फ़ रतन एक अपवाद था। साइकिल से आने वाले उस ज़हीन और ख़ूबसूरत नौजवान से सभी दोस्ती करना चाहते थे—तू भी। तुझे गुमान था कि पैसे के बल पर तू कुछ भी हासिल कर सकती है और शायद इसीलिए तू कभी नहीं समझ पायी कि क्यों तेरे पास होते हुए भी रतन तेरे पास नहीं होता था। दरअसल वह मुझसे प्यार करता था। पचास साल बहुत होते हैं, पर मुझे उम्मीद नहीं थी कि तू मुझे बिल्कुल नहीं पहचानेगी। तीन साल पहले जब मैं तुझे तलाशती रामगढ़ आयी तो मुझे शक था कि तू मुझे पहचान सकती है, इसलिए मैं कुछ झिझक रही थी। पर दो-तीन दिनों में ही मैं समझ गयी कि वक़्त ने हमें इतना बदल दिया है कि अगर एक-दूसरे में पचास साल पुराने अक़्स तलाशना भी चाहें तो हमें कुछ नहीं मिलता। तुझे तो ये भी नहीं याद होगा कि भवाली के उस कॉटेज में जो लड़की रतन की सेवा कर रही थी, वह कौन थी", रानो जी ने घूरकर मिसेज़ मेहरोत्रा को देखा।

"अब तो पता चल ही गया", अचानक कमरे में मिसेज़ मेहरोत्रा के सुबकने की आवाज़ आने लगी। थोड़ी देर तक ख़ामोशी छायी रही, वहाँ मौजूद सभी सन्नाटे के टूटने का इन्तज़ार करते रहे।

"आगे की कथा शुरू करूँ?" रानो जी ने जब सवाल पूछा तो सुनने वालों को उनके स्वर में छिपी दुष्टता का अहसास हुआ। लगा कि वे पुरानी घटनाएँ दुहराकर कोई बदला चुकाना चाह रही हैं।

"बस कर रानो...क्यों मुझे सबके सामने ज़लील कर रही है...कितना अच्छा होता, तूने मुझे आज मार दिया होता। कम-से-कम ये तो नहीं पता चलता कि रतन मुझे सालों से छल रहा था।"

"शर्मा जी", मिसेज़ मेहरोत्रा ने भर्रायी आवाज़ में कहा, "अब तो खेल ख़त्म हो गया है, आप लोग जान ही चुके हैं कि आया का ख़ून इसी ने किया था, इसे यहाँ से ले जाइए।"

"अभी खेल ख़त्म कहाँ हुआ? तुझे हर बार जीतने की आदत पड़ी है पर इस बार मैं जीतूँगी।" रानो जी दुष्टता से मुस्करा रही थीं, "शर्मा अगर मैंने पूरी कहानी नहीं सुनायी तो आपको केस सुलझाने में मदद कैसे मिलेगी?"

सभी सतर्क होकर बैठ गये, सबको उत्सुकता थी रानो जी को सुनने की।

"आप लोग सोच रहे होंगे कि पचास साल पहले हम यानी मैं, रतन और मिसेज़ मेहरोत्रा जो उन दिनों सिर्फ़ हरप्रीत थी भवाली में क्या कर रहे थे? दरअसल वहाँ गये तो सिर्फ़ हम दो थे—पहले रतन मेहरोत्रा और फिर उसे ढूँढ़ते हुए मैं। आपको पता ही होगा कि उन दिनों टीबी का कोई इलाज नहीं था, लोग मरीज़ों को आबोहवा बदलने के लिए पहाड़ों पर ले जाते जहाँ सब तो नहीं पर कुछ लोग स्वस्थ भी हो जाते थे। भवाली भी एक ऐसी ही जगह थी जहाँ सरकार ने एक टीबी सैनिटोरियम भी बना रखा था। इसमें इलाज के नाम पर कुछ होता ज़रूर था पर असली इलाज तो यहाँ चीड़ के घने जंगलों से छनकर आने वाली हवा थी। रतन, हरप्रीत और मैं अमृतसर में साथ पढ़ते थे। मैं और रतन साधारण घरों से आते थे जबकि हरप्रीत शहर के मशहूर उद्योगपति की इकलौती बेटी थी। साइकिलों से आने वाले हम पर लम्बी कारों से आने वालों की नज़रें नहीं पड़तीं तो किसी को ताज्जुब नहीं होना चाहिए पर रतन पर कैसे नहीं पड़ती। वह था ही ऐसा गबरू जवान, सिर्फ़ ख़ूबसूरत ही नहीं ज़हीन भी। सो उस पर हरप्रीत की भी नज़रें इनायत हुईं और ऐसी हुईं कि पूरे कॉलेज को पता चल गयीं। हम मज़ा ले-लेकर हँसा करते—हमसे मतलब मैं, रतन और मेरी कुछ क़रीबी सहेलियाँ। मैं और मेरी ये सहेलियाँ जानती थीं कि रतन सिर्फ़ मेरा है। हरप्रीत रोज़ किसी-न-किसी बहाने उसे अपनी कार पर बैठाने की कोशिश करती और रतन मना करता तो उसका चेहरा उतर जाता। दूर से यह नज़ारा देखकर मैं अपनी सहेलियों के साथ ख़ूब हँसती। शाम को जब हम मिलते तो रतन को मैं चिढ़ाती कि बैठ क्यों नहीं जाते, बेचारी ख़ुश हो जायेगी, वह भी ख़ूब हँसता, कहता ठीक है कल से उसी की गाड़ी में घूमूँगा, मैं झूठ-मूठ मुँह फुलाती पर कुछ देर में सब ठीक हो जाता। मुझे पता था कि रतन सिर्फ़ मेरा है और कोई उसे मुझसे

छीन नहीं सकता। मज़े में हमारे दिन कट रहे थे, हम रोज़ शाम कहीं-न-कहीं मिलते और भविष्य के सपने देखते। उन दिनों आज जैसा तो था नहीं कि मोबाइल फ़ोन पर घण्टों बतियाओ, मिलने और बात करने के लिए कितने बहाने ढूँढ़ने पड़ते थे। जिस दिन कॉलेज होता हम कक्षाओं के बाद लाइब्रेरी में ज़रूर मिलते, मेरी जो सहेलियाँ राज़दार थीं, कई बार उनमें से किसी के घर पर नोट्स लेने-देने के बहाने मिलते। हरप्रीत तरह-तरह के बहानों से रतन से क़रीबी तलाशती, कभी उससे नोट्स माँगे जाते, कभी कोर्स का कोई मुश्किल सवाल समझाने का इसरार होता तो कभी साथ बैठकर कॉफ़ी पीने का बहाना—रोज़ शाम रतन मुझे दिन-भर के क़िस्से सुनाता और सहेलियों के साथ मैं हँस-हँसकर दोहरी हो जाती। पर एक दिन सब कुछ उलट-पलट गया।

गर्मियों की छुट्टियाँ हो रही थीं और हम सब दुःखी थे। अगले दो महीने हम एक-दूसरे से मिलेंगे नहीं। उन दिनों तो चिट्ठी-पत्री लिखना भी कितना तो मुश्किल था, मैं एक सहेली के घर घण्टों रतन का हाथ पकड़कर रोती रही। पर विदा तो होना ही था, हम अलग भी हुए पर एक-दूसरे से वादा करते हुए कि जुलाई के पहले हफ़्ते में फिर मिलेंगे। कॉलेज खुला और सब फिर इकट्ठे हुए, फ़र्क़ सिर्फ़ इतना था कि इस बार रतन नहीं था। मैं सूनी आँखों से क्लास में बैठी द्वार निहारती रहती थी। बाहर से आता हुआ हर व्यक्ति रतन लगता। रतन तो नहीं आया पर तीसरे दिन कॉलेज में ही उसकी चिट्ठी मिली। मेरे ऊपर तो जैसे पहाड़ टूट पड़ा। रतन ने सिर्फ़ इतना लिखा था कि पिछले कुछ दिनों से उसे बुख़ार आ रहा था और तमाम परीक्षणों के बाद अब यह तय हो गया है कि उसे टीबी है। अब वह मुझसे कभी नहीं मिल सकेगा, सिर्फ़ इसलिए कि वह मुझसे बहुत प्रेम करता है और यह कभी नहीं चाहेगा कि मुझे अपना रोग दे दे। चूँकि इस रोग का कोई इलाज नहीं है, इसलिए माँ के साथ पहाड़ जा रहा है। मुमकिन है, हवा पानी बदलने से रोग मुक्त हो सके तो फिर मुझे ढूँढ़ता हुआ आ जायेगा। पता नहीं तब तक मैं उसका इन्तज़ार कर सकूँगी या नहीं?

पूरा दिन मैं लाइब्रेरी, बाथरूम या दूसरे कोने-अन्तरों में छिपकर रोती रही। अगले कुछ दिनों तक मैं कॉलेज नहीं गयी और घर पर ही सबसे मुँह चुराये छिपती फिरती रही। और सबसे तो झूठ बोलकर बच सकती थी पर माँ से कब तक छिपाती? उन दिनों आज तक जैसी आज़ादी तो थी नहीं पर अन्त में जी कड़ा कर सब कुछ माँ को बता ही डाला। मेरी माँ तो सुनकर जैसे गश खाकर गिर पड़ीं। उन्होंने कहा कि भाइयों ने सुना तो चीर डालेंगे, इसलिए सबसे अच्छा होगा, मैं रतन को भूल ही जाऊँ। मैंने कुछ नहीं कहा, सिर्फ़ रोती ही रही—रोती ही रही। ख़ुशक़िस्मत थी कि दो-तीन दिन तक समझाने के बाद माँ ने भी हथियार डाल दिये, शायद उन्होंने मेरी

आँखों में प्रेम और दृढ़ निश्चय पढ़ लिया था। उन्होंने ही पिता और बड़े भाई को मेरे इरादों की जानकारी दी। आप लोग अन्दाज़ नहीं लगा सकते कि पचास साल पहले एक पारम्परिक मध्यवर्गीय परिवार के लिए यह कितना मुश्किल वक़्त रहा होगा। पिता ने मेरी पिटाई की और बड़े भाई ने मुझे कमरे में बन्द कर दिया। वे मुझे सजाएँ देते, मैं कोई विरोध नहीं करती, सिर्फ़ रोती रहती। वे भी पत्थर दिल तो थे नहीं, कुछ हफ़्तों की ज़िद के बाद सहमत हो गये कि रतन को ढूँढ़ निकालेंगे। मैंने खाना-पीना छोड़ रखा था और अपने कमरे में बन्द रोती रहती थी। पाँच भाइयों की अकेली बहन रो रही हो तो पूरा घर उदास लगता था। भाई मुझे कुछ बताते नहीं लेकिन अगले कुछ दिनों तक वे जिस तरह व्यस्त रहे और दिन-भर ग़ायब रहने के बाद घर लौटने पर जैसे फुसफुसाकर एक-दूसरे से बातें करते तो मुझे यक़ीन हो जाता कि ऊपर से जितने कठोर दिखे मेरे भाई पर अपनी छोटी बहन को ख़ुश देखने के लिए कुछ भी करने से नहीं चूकेंगे। माँ भी मुझे ढाढ़स बँधातीं।

एक दिन देर शाम जब भाई लौटे तो उनके हाव-भाव से समझ में आ गया कि उनके पास कुछ महत्त्वपूर्ण ख़बर है। मैं उनके इर्द-गिर्द मँडराती रही, ख़ुद अपने मुँह से पूछने में संकोच हो रहा था, माँ ने भी इशारे से धैर्य रखने का इशारा किया। रात खाने के लिए जब घर के मर्द बैठे तब बड़े भाई ने ठहर-ठहरकर बोलना शुरू किया। उन्होंने जो सूचना दी, उस पर मुझे समझ नहीं आया कि मैं हँसूँ या रोऊँ? भाइयों की खोज इस हद तो कामयाब हुई कि उन्होंने रतन का पता-ठिकाना ढूँढ़ लिया था। उसे उसकी माँ भवाली लेकर रह रही थी। मुझे उसी दिन पता चला कि उन दिनों टीबी का कोई शर्तिया इलाज नहीं था। लोग शुरू में तो डॉक्टर, वैद्य या हकीम के पास दौड़ते, फिर थक-हारकर किसी पहाड़ पर ले के चले जाते। उम्मीद की जाती थी कि पहाड़ की आबोहवा मरीज़ को ठीक कर देगी।

"मेरा रतन ज़रूर ठीक हो जायेगा", सारी लाज-हया को ताक पर रखते हुए मेरे मुँह से बेसाख़्ता निकला।

भाई तो चुप ही रहे पर रुक-रुककर पिता ने जो बताया, उसे बड़ी मुश्किल से अपनी रुलाई रोके मैं सुन सकी। पिता के अनुसार, आबोहवा बदलकर टीबी का इलाज दिल को बहलाने के लिए तो अच्छा ख़याल है पर इसमें सफलता का प्रतिशत कम ही है। उन्होंने बताया कि जवाहरलाल नेहरू अपनी पत्नी कमला का इलाज कराने के लिए भवाली लाये थे, कुछ असर न देख उन्हें लेकर स्विट्ज़रलैंड चले गये। वहाँ भी क्या मिला? कुछ दिनों बाद वहीं कमला नेहरू की मृत्यु हो गयी।

रवीन्द्रनाथ टैगोर भी अपनी लाड़ली बेटी को लेकर रामगढ़ की इन्हीं पहाड़ियों में आये पर वे भी उसे बचा न सके थे।

पिता को बोलता छोड़कर मैं अन्दर भाग गयी, वे जो समझाना चाहते थे, मैं उसे समझने के लिए बिल्कुल तैयार नहीं थी। उस दिन मैं पूरी रात रोती ही रही। माँ दो-तीन बार मुझे खाने के लिए बुलाने आयीं पर मैं नहीं उठी।

दूसरे दिन मैंने एक मज़बूत फ़ैसले के साथ बिस्तर छोड़ा। मैं भी भवाली जाऊँगी और वहाँ से अपने रतन को ठीक कराकर ही लौटूँगी। माँ के ज़रिये यह ख़बर पिता और भाइयों तक पहुँची तो उस खाते-पीते खत्रियों के परिवार में तहलका मच गया। एक तो ग़ैर-बिरादरी का लड़का ऊपर से टीबी का मरीज़। मुझे समझाने-बुझाने की कोशिशें नाकाम हुईं तो सख़्ती की गयी, एक कमरे में बन्द कर दिया गया। मैंने भी खाना-पीना छोड़ दिया, जितनी देर जगती, बिस्तर पर पड़ी बिसूरती। सिर्फ़ माँ जानती थीं कि मैं कितनी सख़्त जान हूँ। सबसे पहले वही टूटी फिर उसकी दो-तीन दिन की मेहनत से पिता-भाई भी थक-हारकर मान ही गये। अन्त में तय हुआ कि मैं भवाली जाऊँगी पर कुछ शर्तों के साथ। माँ मेरे साथ जायेंगी, मैं रतन से इतनी दूरी बनाकर रखूँगी कि छूत मुझे न लगे और ज़्यादा-से-ज़्यादा एक हफ़्ते में वहाँ से लौट आऊँगी।

मैंने सारी शर्तें मान लीं यह जानते हुए कि मुझे उनका पालन नहीं करना है। अगले ही दिन माँ के साथ मैंने गुरुद्वारे में मत्था टेका और भवाली की बस पकड़ ली।

उन दिनों का भवाली आज जैसा नहीं था। छोटा-सा ऊँघता हुआ एक क़स्बा, कुछ सौ की आबादी और गतिविधियों के नाम पर सिर्फ़ सैनिटोरियम था जहाँ देश-भर से टीबी के मरीज़ इलाज के लिए आते थे। कुछ को तो वहाँ के इनडोर वार्ड में भर्ती कर लिया जाता पर काफ़ी लोग बाहर कमरे किराये पर लेकर तीमारदारों के साथ टिक जाते। लोगों ने अपने घरों में एक-दो कमरे इसी काम के लिए अतिरिक्त बना रखे थे, हमने बस स्टॉप पर ही पता लगाकर अपने लिए किराये का एक ठिकाना तलाशा, सामान रखा और निकल पड़े। रतन को तलाशने में ज़्यादा वक़्त नहीं लगा। सैनिटोरियम पहुँचे तो अँधेरा होने वाला था। गेट पर ही दो-एक व्यक्तियों से पूछने पर रतन का ठिकाना पता चल गया। रतन सैनिटोरियम में भर्ती नहीं था, वहाँ से कुछ दूर किराये का मकान लेकर रह रहा था। माँ ने कहा भी कि आज तो देर हो गयी है, कल उसके यहाँ चलेंगे पर मुझे चैन कहाँ? लगभग घसीटते हुए माँ को सड़क पर ले आयी और पूछते हुए रतन के ठिकाने तक पहुँच गयी।

नैनी मोड़ पर एक दो मंज़िला मकान था जिसकी ऊपरी मंज़िल पर रतन और उसकी माँ किरायेदार थे। निचले हिस्से में मकान मालिक का परिवार रहता था।

अभी हम बाहर गेट पर खड़े होकर किसी आहट का इन्तज़ार कर ही रहे थे कि ऊपर बालकनी से एक औरत की आवाज़ आयी, "ऊपर चली आ रे पगली, कब से तेरा इन्तज़ार कर रहा है ये लड़का।"

उन दिनों भवाली में बहुत कम घरों में बिजली आयी थी, इस घर में भी लालटेन का इस्तेमाल हो रहा था। मैंने रतन की माँ को कभी नहीं देखा था पर बिना किसी के बताये मैं समझ गयी कि ऊपर छज्जे से जो बूढ़ी औरत झाँक रही थीं और जिनके हाथ में हिलती हुई लालटेन की कमज़ोर रोशनी से छनकर एक थका उदास चेहरा झलक रहा था, वे रतन की माँ थीं। बाहर से ही सीढ़ी थी, हम उसे चढ़कर ऊपर पहुँच गये। पहले तो दोनों बूढ़ियाँ गले मिलीं और फिर रतन की माँ ने मुझे चिपटा लिया। हम पहले कभी नहीं मिले थे पर लगता था कि जन्म-जन्मान्तरों से एक-दूसरे को जानते हैं।

वे रोती जाती थीं और एक ही वाक्य दोहराती जाती थीं, "कहाँ मर गयी थी, मुझे पल-पल पर ये लड़का छज्जे पर झाँकने को भेजता रहता था। ज़रा-सी आहट होती तो उसे लगता कि तू आ गयी।"

"इसीलिए तो बिना बताये यहाँ चला आया।" आवाज़ में ग़ुस्से का पुट ज़रूर था पर वाक्य ख़त्म होते-होते मेरी माँ की आवाज़ रुँध गयी।

हमें लेकर वे एक कमरे में आ गयीं जो उनका शयन कक्ष लगता था। कुछ अजीब लग रहा था कि अभी तक रतन का कहीं अता-पता नहीं था। वे हमें बैठाकर थोड़ी देर के लिए ग़ायब हो गयीं और जब लौटीं तो उनके हाथ की ट्रे में चाय और खाने-पीने की चीज़ें थीं।

मेरा तो सारा ध्यान ही रतन की तरफ़ था पर संकोच था कि कुछ पूछने से रोक रहा था। मेरी माँ ने ही पूछा, "बहन चाय-वाय तो होती रहेगी, हमारा रतन कहाँ है?"

"रतन बग़ल वाले कमरे में है, बीमारी ने उसे कमज़ोर ज़रूर कर दिया है पर सुदेश का तो रोज़ ही इन्तज़ार रहता था। आप लोग चाय पी लें, फिर चलते हैं।"

"एक बार मैं मिल आऊँ..." मैंने कुछ संकोच से कहा और उठने की कोशिश की पर उनकी सख़्त आवाज़ सुनकर अपनी जगह पर धँस-सी गयी।

"नहीं, तुम उससे मिलने नहीं जाओगी", जिस तरह से यह वाक्य कहा गया था, मैं हिल गयी।

"बेटी माफ़ करना", मेरी आँखों में आहत भाव देखकर उन्होंने माफ़ी माँगने के अन्दाज़ में कहा, "तुम्हें पता ही होगा कि रतन को टीबी हो गयी है। इसे यों ही राजरोग नहीं कहा जाता। इसमें मरीज़ के इलाज से कम ज़रूरी नहीं है तीमारदारों

को इसकी छूत से बचाना। तुम्हें तो रतन ने बताया ही होगा कि दुनिया में मेरे अलावा उसका कोई नहीं है, बचपन में ही इसके पिता नहीं रहे, मैं ही इसकी माँ थी और मैं ही इसका बाप। मेरा भी इसके अलावा कौन है? इसलिए जैसे ही इसकी बीमारी का पता चला मेरी तो दुनिया ही जैसे सूनी हो गयी। किस-किस डॉक्टर को नहीं दिखाया। उन्हीं की सलाह पर इसे भवाली लेकर चली आयी। इसकी यह बात भी मैंने मान ली कि तुम्हें बीमारी की कोई ख़बर नहीं दी जाये क्योंकि इसे डर था कि तुम इससे दूर रहने की डॉक्टरी सलाह नहीं मानोगी पर अपने ऊपर यही पाबन्दी नहीं लगा सकी। शुरू में तो यह झगड़ा करता था कि मैं इसके कमरे में नहीं आऊँगी पर अब मान गया है कि मैं इसे दवा देने, खाना खिलाने या कपड़े-लत्ते बदलने इसके कमरे में जा सकती हूँ। बाक़ी दरवाज़े के बाहर कुर्सी लगाकर बैठ जाती हूँ और उससे बतियाती हूँ।"

मैं अवाक् सुनती रही और दाँत भींचे अपने आँसू रोकती रही। पर कब तक? जल्द ही बेक़ाबू आँसू आँखों से बेतहाशा बहने लगे।

"रतन को पूरा यक़ीन था कि तुम आओगी, इसलिए दिन में कई-कई बार मुझे सड़क पर झाँकने को भेजता कि कहीं तुम बाहर खड़ी तो नहीं हो। हर बार हिदायत भी देता कि तुम्हें उसके कमरे में न घुसने दिया जाये।" अचानक बग़ल के कमरे में कोई आहट सुनायी दी, "लगता है जाग गया", कहती हुई वे तेज़ी से बाहर निकल गयीं।

थोड़ी ही देर में वे लौटीं। मेरी माँ को हाथ से वहीं रुकने का इशारा करते हुए उन्होंने मुझे अपने पीछे आने को कहा। थोड़ा हटकर रतन का कमरा था। दरवाज़े के बाहर एक कुर्सी रखी थी और उस पर टँगे परदे से अन्दर का दृश्य किसी अनबूझ पहेली की तरह लग रहा था। पहले उन्होंने मुझे कुर्सी पर बिठा दिया, फिर धीरे-से पर्दा हटाया। मेरी तो जैसे चीख़ ही निकल गयी। सामने पलँग पर तकिये का सहारा लेकर अधलेटा रतन था। दो महीनों में ही कैसा तो हो गया था—हड्डियों का ढाँचा लग रहा था। अगर वह मुस्कराया न होता तो मैं पहचान भी न पाती। मुस्कान उसकी वैसी ही थी—निश्छल और सम्मोहक। मैं कुछ नहीं बोली सिर्फ़ बैठी रोती रही। मन कर रहा था कि भागकर उसके पास चली जाऊँ, एक-दो बार उठने की कोशिश भी की पर बग़ल में खड़ी रतन की माँ ने मेरे कन्धे दबाकर उठने नहीं दिया। रतन ने भी हाथ के इशारों से बरज दिया। उस दिन न जाने कितनी देर तक मैं बैठी रही और रोती रही। न रतन बोला न मैं। मेरी माँ बीच-बीच में आकर मेरे पीछे खड़ी हो जातीं और फिर अपने आँसू पोंछतीं और वापस चली जातीं।

अगले कुछ दिन कैसे बीते पता ही नहीं चला। माँ ने बहुत कोशिश की कि मैं उसके साथ वापस चलूँ पर मेरी ज़िद से हारकर वापस चली गयीं, मुझे रतन की बग़ल में ही मकान दिलाकर। मेरी ज़िन्दगी एक ढर्रे पर चलने लगी। रोज़ सुबह अपने घर से निकलती और रतन के यहाँ पहुँच जाती। मेरी कुर्सी उसके कमरे के बाहर रखी होती। बिना बताये मुझे पता चल गया कि उसकी माँ मेरे पहुँचने के पहले ही कुर्सी वहाँ रख देती थीं। धीरे-धीरे हम दोनों के बीच सहज स्नेह का सम्बन्ध बन गया था और मैं आराम से उन्हें मम्मी कहकर पुकारने लगी थी। कुर्सी पर बैठे-बैठे मैं रतन को निहारती रहती। नींद में डूबा हड्डियों का ढाँचा रतन करवट बदलता, आँखें खोलता, मुझे देखकर मुस्कराता और फिर धीरे-धीरे अपनी थकी आँखें मूँद लेता। मैं उठकर घर का काम-काज सँभाल लेती और मम्मी को पूजा-पाठ या रतन की देखभाल के लिए समय मिल जाता।

ऐसे ही चल रहा था कि अचानक एक दिन फिर से कुछ यूँ हुआ कि दुबारा मेरा जीवन उलट-पलट गया। उस दिन सुबह रतन के घर पहुँची तो देखा कि गेट के सामने एक लम्बी गाड़ी खड़ी थी। अगली सीट पर बैठे ड्राइवर को देखकर कुछ अजीब-सा अहसास हुआ। उसका चेहरा और कार दोनों परिचित-से लगे। ऊपर जाकर भेद खुला। कार हरप्रीत की थी जिससे वह कॉलेज आती थी। उस समय जब स्टूडेंट्स और टीचर्स सिर्फ़ साइकिलों से चलते थे या पैदल ही कॉलेज आते थे, हरप्रीत की इस कार का एक ख़ास तरह का आतंक था। बैठक में हरप्रीत बैठी थी। पता चला कि रात-भर का सफ़र करके वहाँ पहुँची थी अपनी माँ के साथ। अब मम्मी की बनायी चाय के प्याले दोनों के हाथों में थे। उसे देखकर मुझे कुछ ख़ास नहीं लगा, कम-से-कम किसी तरह का डर तो क़तई नहीं। मुझे पता था कि वह रतन पर फ़िदा थी पर यह भी विश्वास था कि रतन सिर्फ़ मेरा है। मज़ेदार बात थी, कई बार बताने के बाद ही उसे याद आया कि उसकी क्लास के अस्सी के क़रीब छात्र-छात्राओं में मैं भी एक थी। मुझे रतन के सुनाये वे सारे लतीफ़े याद आये जो उसने कॉलेज के दिनों हरप्रीत को लेकर गढ़े थे। हर बार जब वह उसे अपने साथ गाड़ी में बैठाकर कहीं घुमाने ले जाने का प्रस्ताव रखती और वह कोई बहाना बनाकर मेरे पास भाग आता तो हम कितना हँसते। उस दिन भी हरप्रीत को देखकर एक शरारती हँसी मेरे मुख पर आयी लेकिन मैंने सप्रयास उसे दबा लिया। उसे वहीं छोड़कर मैं अपनी पसन्दीदा जगह चली गयी। रतन के कमरे के दरवाज़े पर बैठे-बैठे मैं उसके साथ छेड़छाड़ करती रही और वह भी इशारों-इशारों में हरप्रीत को लेकर हँसी-मज़ाक़ करता रहा। मुझे क्या पता था कि समय के गर्भ में मेरा कितना क्रूर भविष्य पल रहा था।

शाम होते-होते हरप्रीत, उसकी माँ और उनका ड्राइवर चले गये। उन्होंने भवाली क़स्बे में ही अपने रुकने का कहीं इन्तज़ाम कर रखा था। सवेरे वे वापस आयेंगे ऐसा मम्मी ने बताया। मैं भी रोज़ की तरह मम्मी और रतन के साथ रात का खाना खाकर वापस चली आयी। सुबह जब लौटी तो मेरा सर्वस्व उजड़ चुका था। गेट का दरवाज़ा खोल कर अन्दर घुसी ही थी कि मकान मालकिन सामने पड़ गयीं। वे बरामदे में बैठी मेरा ही इन्तज़ार कर रही थीं। उन्होंने मुझे भी अपनी बग़ल में रखी कुर्सी पर बिठा लिया और तेज़ आवाज़ में अन्दर किसी को चाय लाने का आदेश दिया। वे एक मोटी-सी, अधेड़ और भली महिला थीं। ऊपर आते-जाते सामने पड़ जातीं तो दुआ-सलाम हो जाती, कभी ऊपर मरीज़ का हालचाल लेने आ जातीं और मम्मी से बतियातीं पर मुझसे तो इससे ज़्यादा कुछ सम्बन्ध नहीं था। उनका उस दिन व्यवहार कुछ अजीब लगा। जब तक चाय आयी मैं बेचैन-सी बैठी रही, मन तो बार-बार कर रहा था कि उठूँ और ऊपर भाग जाऊँ। वे मुझे बेशर्म न समझ लें, इसलिए मन मसोसकर बैठी रही। चाय पीते-पीते उन्होंने जो कहा, वह मेरे ऊपर किसी वज्रपात-सा था।

रतन और उसकी माँ बीती रात ही अपना सारा सामान लेकर चले गये थे। मेरे जाने के थोड़ी ही देर बाद वही गाड़ी फिर आयी जो दिन-भर घर के सामने खड़ी रही थी। वे नीचे बरामदे में ही बैठी थीं और उन्होंने देखा कि एक लड़की कार से उतरकर ऊपर चली गयी। कुछ घण्टों बाद जब रात गहरा चुकी थी और वे परिवार वालों के साथ सोने की तैयारी कर रही थीं, किसी ने दरवाज़ा खटखटाया। दरवाज़ा उनके बड़े बेटे ने खोला तो सामने रतन की मम्मी खड़ी थीं। किसी अनहोनी की आशंका में वे बिस्तर से निकलकर आयीं और एक बड़े आश्चर्य की तरह उन्होंने उनका फ़ैसला सुना। वे लोग उसी रात घर छोड़कर जा रहे थे। कहाँ...उन्हें ख़ुद बहुत पता नहीं था। जो लड़की अपनी गाड़ी बाहर खड़ी कर ऊपर गयी थी, वही उन्हें लेकर जा रही है किसी ऐसी जगह जहाँ टीबी का इलाज हो सकता है। दुनिया के किसी कोने में ऐसा डॉक्टर मौजूद है जो इस ला-इलाज बीमारी को ठीक कर सकता है। किरायेदारों ने सारा हिसाब-किताब बराबर किया और ड्राइवर की मदद से अपना सामान नीचे उतारा और रात के अँधेरे में ही चले गये। जाने वालों को बहुत रोका गया कि सड़क अच्छी नहीं है, सुबह उजाला होने पर जाना चाहिए पर वे नहीं माने। जाते समय रतन ने एक लिफ़ाफ़ा उन्हें दिया इस आग्रह के साथ कि कल सुबह जब मैं आऊँ तो मुझे दे दे और फिर हाथ जोड़कर कुछ अनुरोध किया था जिसे पूरा करने के लिए वे मेरा इन्तज़ार कर रही थीं।

वे बोल रही थीं और मैं अवाक्, स्तब्ध बैठी सुन रही थी। लग रहा था कि शब्द कहीं बहुत दूर से आ रहे थे और किसी दूसरे के लिए बोले जा रहे थे। जड़वत् बैठी मैं सिर्फ़ शून्य की तरफ़ ताक रही थी। मुझे पता ही नहीं चला कि कब वे उठीं और अन्दर चली गयीं। लौटीं तो हाथ में चाय का प्याला और एक लिफ़ाफ़ा था। चाय तो मैं क्या पीती, लिफ़ाफ़ा अलबत्ता मैंने झपटकर खोल लिया। अन्दर रतन के हाथ की लिखी छोटी-सी चिट्ठी थी। चन्द पंक्तियों की यह चिट्ठी मेरी मृत्यु का फ़रमान जैसी थी।

रतन ने लिखा था कि वह मरना नहीं चाहता। हरप्रीत के पास ख़बर है कि अमेरिका में टीबी की दवा खोज ली गयी है और वह उसे वहीं ले जाने के लिए आयी है। समय गँवाना ख़तरनाक हो सकता है, इसलिए वह मुझे अभी दिल्ली लेकर जा रही है और वहाँ पहुँचने के कुछ ही घण्टे बाद उसे और मम्मी को लेकर अमेरिका के लिए उड़ जायेगी। सारा इन्तज़ाम वह करके आयी है। अन्त में उसने मुझसे इल्तज़ा की थी कि मैं उसे माफ़ कर दूँ और भूल जाऊँ।

मैं जड़वत् बैठी रही। मन तो कर रहा था कि ख़ूब रोऊँ पर अपने को कमज़ोर दिखाना नहीं चाहती थी, इसलिए होंठ भींचे बैठी रही। उठना चाहा तो मकान मालकिन ने स्नेह से पकड़कर रोक लिया।

"बैठी रह बेटी, तुझे मैं रोज़ आते-जाते देखती थी, कभी बात नहीं हुई पर कुछ-कुछ अन्दाज़ तो था ही। कल जाने के पहले रतन की माँ देर तक मेरे साथ बैठी और उसने रो-रोकर तेरे और रतन के प्रेम के बारे में बताया। वह तुझे छोड़कर जाना नहीं चाहती थी पर बेटे की जान बचाने के लिए उसे यह करना ही पड़ा। जो लड़की दिल्ली से आयी थी, उसके पास अख़बार की एक कटिंग थी जिसमें विस्तार से एक ख़बर छपी थी। इस ख़बर के मुताबिक़ अमेरिकन वैज्ञानिकों ने टीबी का इलाज ढूँढ़ निकाला था, लड़की रतन को वहाँ ले जाने का पूरा इन्तज़ाम कर के आयी थी। दिल्ली से कल रात ही वे हवाई जहाज़ से उड़ जायेंगे।"

मैं शून्य में ताकती हुई सब कुछ सुन रही थी, लग रहा था कि किसी और को सुनाकर सब कुछ कहा जा रहा है। जीने की कोई इच्छा मन में नहीं थी, चाह रही थी कि मुझे वहाँ से जाने की इजाज़त मिले और मैं किसी पहाड़ी से कूदकर जान दे दूँ। पर मकान मालकिन की एक बात ने मेरा इरादा बदल दिया।

"देख बेटी, मेरी एक बात का जवाब दे। तू ये चाहती है कि नहीं कि रतन की जान बच जाये? मेरे इस घर में बीसियों किरायेदार टीबी के मरीज़ आये। तुझे पता है न कि इसे राजरोग कहते हैं, इसका कोई शर्तिया इलाज नहीं है। देश के अलग-

अलग हिस्सों से डॉक्टर लोगों को सलाह देकर यहाँ भेजते हैं कि यहाँ की आबोहवा उन्हें ठीक कर देगी। कुछ सैनिटोरियम में भर्ती हो जाते हैं, कुछ पैसे वाले होते हैं जो हम जैसे लोगों से किराये के घर लेकर इस उम्मीद से टिक जाते हैं कि चीड़ की हवा उन्हें स्वस्थ कर देगी। सैनिटोरियम के डॉक्टरों से हम लोगों की गाहे-बगाहे मुलाक़ात होती रहती है। हम लोगों के सामने वे अपनी असहायता छिपाते नहीं। वे जानते हैं कि मर्ज़ ला-इलाज है। मरीज़ों को सिर्फ़ कुछ ताक़त की दवा दी जाती है बाक़ी प्रकृति पर छोड़ दिया जाता। मैंने सुना है कि कुछ ख़ुशक़िस्मत लोग ठीक भी हो जाते हैं पर आज तक देखा किसी को नहीं। मेरे यहाँ बीसियों किरायेदार रुके हैं और सबके साथ एक ही कहानी दोहरायी गयी है। शुरू के कुछ महीने तो आशा की किरण रहती है, मरीज़ भी उम्मीद से लबरेज़ होते हैं, रोज़ शेव करते हैं, साथी तीमारदार गीले तौलिए से बदन पोंछते हैं, कपड़े बदले जाते हैं और मरीज़ खिड़कियों से सटकर बाहर वादी में बहार निहारते हैं। पर जल्द ही यह सिलसिला टूट जाता है, बीमार की दाढ़ी कई-कई दिन तक नहीं बनायी जाती, कपड़े नहीं बदले जाते, रोगी खिड़की के पास बैठना बन्द कर देता है और चुपचाप कमरे की छत निहारता अपने बिस्तर पर लेटा रहता है। फिर एक दिन तीमारदारों में से कोई नीचे मेरे पास आकर मुझे बताता है कि डॉक्टर ने कहा है कि जो दवाएँ यहाँ दी जा रही हैं, वे घर पर भी दी जा सकती हैं, मेरा हिसाब-किताब करता है और मरीज़ को लेकर चला जाता है। मुझे बिना बताये पता चल जाता है कि अब उसके पास समय बहुत कम बचा है। रतन के साथ भी यही होने वाला था। कल जब रतन की माँ ने मुझे बताया कि वे लोग जा रहे हैं तो मैं अन्दर से हिल गयी, मुझे लगा कि उन्हें भी डॉक्टरों ने जवाब दे दिया है। लेकिन फिर जब उन्होंने विस्तार से बताया तो मुझे लगा कि शायद यही सही है। दिल्ली से आयी लड़की रतन को अमेरिका ले जाना चाहती थी और पहले तो रतन तुम्हें छोड़कर जाना नहीं चाहता था पर बाद में तैयार हो गया। उन्होंने मुझसे अनुरोध किया कि कल जब सुबह तुम आओ तो मैं तुम्हें वास्तविकता समझाऊँ। रतन की ज़िन्दगी बचाने के लिए यह आख़िरी दाँव है। तुम कुछ उलटा-सुलटा फ़ैसला न ले लो, इसे देखने की ज़िम्मेदारी वे मुझ पर छोड़ गयी हैं।"

मकान मालकिन के कथन का मुझ पर जादुई असर पड़ा। मैं इतनी स्वार्थी कैसे हो गयी कि कुछ दिन रतन के साथ बिताने के लालच में उसे मौत के मुँह में ढकेल रही थी? पहली बार मुझे अहसास हुआ कि रतन की नियति तो निश्चित मृत्यु थी। जिस रोग में वह मुब्तिला था, उसका तो भवाली में कोई इलाज था ही नहीं। पता नहीं कि माँ-बेटे को इसका अहसास था भी कि अपवादस्वरूप ही कोई मरीज़ यहाँ

से स्वस्थ होकर लौटा होगा। हो सकता है, मम्मी को पता हो भी पर एक माँ का मन इसे मानने से इनकार करता रहा हो। कहीं-न-कहीं उनके मन के किसी कोने-अन्तरे में यह उम्मीद छिपी होगी कि कोई चमत्कार होगा और उनका रतन स्वस्थ होकर घर चल देगा। रतन के मन में तो निश्चित ही उन्होंने और डॉक्टरों ने यह उम्मीद भर रखी थी कि वह बीमारी से उबर जायेगा। तभी तो वह इतनी निश्छल हँसी हँसता था और मम्मी की नज़रें बचाकर मुझे छेड़ता रहता था। पर मैं इतनी अंधी कैसे हो गयी? रतन के आसन्न अन्त को क्यों न देख पायी?

मैंने पहली बार सामने स्टूल पर रखा चाय का प्याला उठा लिया और ठण्डी पड़ चुकी चाय को सिप करने लगी। मकान मालकिन उठकर अन्दर गयीं और एक कप गरम चाय बना लायीं। तब तक मैं काफ़ी हद तक स्थिर हो चुकी थी। मेरे अन्दर मिले-जुले भाव उमड़-घुमड़ रहे थे। इस बात का दुःख ज़रूर था कि वे मुझे बिना बताये चले गये थे पर ख़ुशी भी थी कि रतन बच सकता है। रतन को हरप्रीत ले उड़ी थी और इस पर हार जाने जैसा महसूस हो रहा था पर यह भी पूरा यक़ीन था कि वह प्यार तो मुझसे ही करता है और अमेरिका से लौटकर मेरे पास ही आयेगा। इन्हीं भावों के साथ यह मन में एक दूसरा संघर्ष भी चल रहा था कि अब मेरा अगला क़दम क्या होगा। किस मुँह से घर वापस जाऊँगी? यहाँ रुककर भी क्या करूँगी ! एक बार जी में आया कि पहाड़ से छलाँग लगाकर जान दे दूँ पर रतन को वापस हासिल करने की उम्मीद ने इस इरादे को भी डगमगा दिया।

इसी कशमकश में थी कि मकान मालकिन की आवाज़ ने मुश्किल आसान कर दी।

"रतन ने चलते-चलते मुझसे हाथ जोड़कर एक ही बात कही थी। उसने जाने का फ़ैसला होते ही ड्राइवर को डाकख़ाने भेजकर तुम्हारी माँ को एक तार भिजवाया है और उन्हें फ़ौरन आने को कहा है। तार रात में ही मिल गया होगा। रतन ने विनती की थी कि मैं तुम्हें उनके आने तक कहीं जाने न दूँ और यहीं रोके रहूँ।"

उनकी इस बात ने मेरी मुश्किल से रोकी रुलाई का बाँध तोड़ दिया और मैं फूट-फूटकर रोने लगी। उन्होंने भी मुझे रोका नहीं और देर तक रोने दिया। रोने से मन हल्का हो गया। यह भी स्पष्ट हो गया कि रतन बिना बताये गया ज़रूर है पर मेरा ख़याल आख़िर तक उसके दिल में था, ठीक होकर वह मेरे पास ही आयेगा। इस एक बात ने सारा दुःख हल्का कर दिया, फिर वे थीं भी बड़ी ममतालू। दोपहर तक जब मेरी माँ और छोटा भाई आ नहीं गये, उन्होंने मुझे अकेला नहीं छोड़ा। अपने सामने बैठाकर खिलाती-पिलाती रहीं।

माँ को देखकर एक बार फिर मेरी रुलाई का बाँध टूटा ज़रूर पर इस बार सँभलने में देर नहीं लगी। मकान मालक़िन माँ को अन्दर किसी कमरे में ले गयीं और जब दोनों औरतें लौटीं तो यह साफ़ हो गया कि अब मुझे कुछ बताने की ज़रूरत नहीं थी। उसी रात की बस पकड़कर हम तीनों अपने शहर वापस चले गये।

अमेरिका में क्या हुआ, यह तो मुझे कई साल पता ही नहीं चला। शुरू के कुछ महीने तो इन्तज़ार में बीत गये। मैं दिन-दिन-भर डाकिये का इन्तज़ार करती, मिन्नतें करके छोटे भाई को रतन के घर भेजती, हर बार वह एक ही ख़बर ले के आता कि वहाँ ताला लटका हुआ है। दो-एक बार मैं ख़ुद भी वहाँ गयी और निराश होकर लौट आयी, अड़ोस-पड़ोस वालों को भी नहीं पता था कि वे कब वापस आयेंगे। इसी तरह दिन बीतते गये। मैं कई-कई दिन बन्द कमरे में पड़ी रहती, खाना-पीना छोड़ देती, माँ समझाती बुझाती और कोसती और फिर मुझे अकेला छोड़कर कमरे से निकल जाती। पर कब तक ऐसे चलता? मैं देख रही थी कि मेरी वजह से पूरा घर बीमार-सा लगता था। सभी प्राणी उदास मुँह लटकाये एक-दूसरे से धीमी आवाज़ों में बात करते। मुझे देखते ही सभी ख़ामोश हो जाते।

कब तक ऐसे चलता? मैं ख़ुद को परिवार के दुःख का कारण समझने लगी और अन्त में टूट ही गयी। माँ का समझाना सफल हो गया और मैंने शादी के लिए हाँ कह दिया।

मेरा प्रतिष्ठित परिवार था। उन दिनों के लिहाज़ से जो कुछ ज़रूरी था, सब हमारे पास था पर उस छोटे शहर में कुछ भी छिपा नहीं रह सकता था। मेरे और रतन के बीच क्या पक रहा था और मैं पिछले कुछ दिनों से कहाँ ग़ायब थी, इसके बारे में लोगों को ठीक-ठीक तो पता नहीं था पर क़यास लगाने से कौन रोक सकता था? मैं तो घर से बाहर निकलती नहीं थी पर जिस दिन पिता का मुँह उतरा देखती या भाइयों में से कोई तमतमाया चेहरा लिये घर में घुसता, समझ में आ जाता कि बाहर मेरे बारे में कोई बात हुई है।

मुख़्तसर में कहूँ तो भाइयों और पिता ने आपस में बात की और एक रात बड़ा भाई पिता को लेकर घर से निकल गया। मुझे माँ ने बताया कि कलकत्ते गये हैं। वहाँ मेरे बड़े मामा रहते थे। दो-तीन साल पर माँ हम भाई-बहनों को लेकर वहाँ जाती थीं। मामा का वहाँ बड़ा-सा कारोबार था। पिता से उनके मतभेद थे, इसलिए न वे हमारे यहाँ आते और न पिता उनके यहाँ जाते। बहुत कुरेदने पर भी माँ टाल जाती, इसलिए हमारे लिए उन दोनों के बीच के मतभेद क्यों थे और क्या थे, यह जानना कभी भी सम्भव न हुआ। मामा हम पर जान छिड़कते थे। माँ भी मेरी ही तरह

पाँच भाइयों की अकेली बहन थीं, सबकी चहेती अत: हमारी भी मौज थी। सारे ममेरे भाई-बहन हमसे मिलने वहीं पहुँच जाते। हम ख़ूब गुलछर्रे उड़ाते। पिता के कलकत्ते जाने की ख़बर सुनकर मुझे अफ़सोस ज़रूर हुआ। बिना बताये ही मैं जान गयी थी कि उन्हें अपने सालों पुराने दर्प को भुलाकर मेरे बारे में सलाह-मशविरा करने अपने बड़े साले के पास जाना पड़ा है। बहरहाल, एक दिन रात माँ के लिए कलकत्ता से तार आया, उन्होंने रात में ही हम सबको जगाया, भाइयों से फुसफुसाकर बातें कीं, रातोरात सामान बाँधा गया और सुबह मुँह अँधेरे छोटा भाई तीन रिक्शे बुला लाया और ख़ामोशी से हम स्टेशन रवाना हो गये। वहाँ पिता और मामा ने मेरी शादी तय कर रखी थी।

कपूर साहब मुझसे दस साल बड़े और निस्सन्तान विधुर थे। शायद कुछ साल पहले मेरे पिता या ख़ुद मामा ऐसा रिश्ता लाने वाले की जान ही ले लेते पर अब तो सब कुछ बदल चुका था। मैं तो वैसे ही किसी निष्प्राण लकड़ी के कुन्दे की तरह घर में पड़ी रहती। किसी ने मुझसे कुछ पूछा नहीं और मैं किस मुँह से विरोध करती, हमेशा लगता कि मेरी वजह से पिता और भाइयों को यह दिन देखना पड़ रहा है।

बहरहाल, बिना किसी शोर-शराबे के हमारी शादी हो गयी। कपूर साहब मुझसे दस साल बड़े ज़रूर थे पर मेरा बहुत ख़याल रखते थे। छोटा-सा परिवार था उनका और बहुत बड़ा कारोबार जिसे मेरे ससुर और वे सँभालते थे। दिन कैसे बीतते गये पता ही नहीं चला। कपूर साहब ने दो फूल से बच्चे दिये मुझे। मैं ये तो नहीं कहूँगी कि मैंने रतन को पूरी तरह से भुला दिया था पर यह भी सच्चाई है कि कपूर साहब के प्रेम और बच्चों की देखभाल की व्यस्तता ने काफ़ी हद तक मेरी स्मृतियों से रतन के साथ बिताये दिनों की यादों को खुरच डाला था।

शादी के दस साल बाद फिर एक बार क़िस्मत ने मुझे चोट पहुँचायी। एक दिन देर शाम जब कपूर साहब ऑफ़िस से घर आ रहे थे कि सामने से तेज़ रफ़्तार से आ रही एक ट्रक ने मेरी दुनिया उजाड़ दी। उस दिन दफ़्तर से कपूर साहब नहीं लौटे, उनकी कार दुर्घटना की ख़बर घर पहुँची। वह एक क़यामत की रात थी जिसका बयान करने में घण्टों निकल सकते हैं। बहरहाल मैं पूरी तरह से टूट गयी। मुझसे ज़्यादा मेरे ससुर टूटे। पहली बार बाबा बनते ही उन्होंने दफ़्तर जाना छोड़ दिया था। मेरी सास तो वर्षों पहले चली गयी थीं। कहने को तो परिवार बड़ा था पर उनकी किसी से नहीं पटती थी। बस अपने बेटे और व्यापार तक उनकी दुनिया थी। बाद में दो पोतियों के बाबा बनने के बाद तो जैसे उन्होंने दीन-दुनिया से अपने सारे सम्बन्ध ही तोड़ लिये थे। सारा बिज़नेस इकलौते बेटे पर छोड़कर बच्चों में मस्त हो गये।

कैसा तो था वह दिन जब वे वर्षों बाद दफ़्तर के लिए निकले। साथ में मैं भी थी। उन्हें पता था कि अब वे ज़्यादा दिन नहीं जियेंगे। रास्ते में कई बार दुहराया कि वे सिर्फ़ मुझे काम सिखाने चल रहे हैं। सचमुच वे मुझे काम सिखाने तक ही जिये। छह महीने रात-दिन मुझे काम सिखाते रहे, उठते-बैठते, यहाँ तक कि खाने की मेज़ पर भी व्यापार के गुर सिखाते रहते, किससे वसूली करनी है और किसे देना है, सब मुझे ज़बानी रटवाने के बाद एक दिन सोये तो फिर नहीं उठे।

उन्होंने मुझे इतना पक्का कर दिया था कि उनके जाने के बाद मैंने अकेले पूरा कारोबार सँभाल लिया। शुरू-शुरू में तो वक़्त ज़रूरत भाइयों में से कोई मदद को आ जाता पर धीरे-धीरे इसकी ज़रूरत भी ख़त्म हो गयी। सब कुछ ठीक चल रहा था कि एक दिन फिर कुछ ऐसा हुआ कि फिर मेरी ज़िन्दगी में तूफ़ान बरपा हो गया। पता नहीं मेरी ही ज़िन्दगी में ऐसे संयोग या दुर्योग क्यों आते रहे हैं? मैंने किसी का क्या बिगाड़ा है जो ईश्वर मुझे ऐसे दण्ड देता रहता है। मुझे अब तक याद है कि एक दिन जब अपने दफ़्तर का काम ख़त्म कर उठने ही वाली थी कि चपरासी एक विज़िटिंग कार्ड लाकर मेरे मेज़ पर रख गया। कार्ड देखते ही मेरा तो जैसे ख़ून ही सर्द हो गया। सालों बाद मैं किसी काग़ज़ पर लिखा रतन लाल मेहरोत्रा पढ़ रही थी।

चपरासी को पता नहीं मेरी किस जुंबिश से इशारा मिला और उसने बाहर जाकर रतन को अन्दर भेज दिया। दस साल जैसे ठहर से गये थे। मेरे सामने वही रतन खड़ा था जिसे मैंने कॉलेज की छुट्टियों के पहले देखा था। उस आख़िरी शाम भवाली में जिसे देखा था, वह तो टीबी के मर्ज़ में मुब्तिला मृत्यु के कगार पर खड़ा हड्डियों का ढाँचा रतन था पर आज वही पुराना गबरू जवान रतन खड़ा था, सिर्फ़ उसकी पुरानी साफ़ शफ़्फ़ाफ़ हँसी ग़ायब थी। हम दोनों सामने बैठे थे और हमारे पास कहने को कुछ नहीं था। हम सिर्फ़ रुँधे गलों से बातें करने की कोशिश कर रहे थे और हर वाक्य अधूरा रह जा रहा था। पर दफ़्तर में कब तक रोते? उसे लेकर मैं घर आ गयी।

दोनों बेटियाँ छोटी थीं। उनके सामने क्या बातें होतीं। उन्हें खिला-पिलाकर मैंने सुला दिया और काम करने वालों की छुट्टी कर हम फिर बैठे। वह भी क्या सितम की रात थी? हमने बातें कम कीं, रोये अधिक। रोने से मेरे मन का सारा क्लेश बह गया। उस दिन बिना मुझे बताये छोड़कर आने की शर्म उस पर इस क़दर तारी थी कि मेरा बार-बार लिया गया यह निर्णय कि अब उससे जीवन में कभी बात नहीं करूँगी, न जाने कहाँ उड़ गया। मैं उसकी ज़ुबानी पूरा वृत्तान्त सुनती रही कि उस शाम जब भवाली में उनके घर से मैं अपने ठिकाने चली गयी और हरप्रीत अपनी

माँ के साथ रात में फिर आ धमकी। उसकी माँ ने उसे कुछ देर के लिए हरप्रीत के साथ उसे अकेला छोड़ दिया और तभी उसी दौरान हरप्रीत ने अपने पर्स में से एक अख़बार का फाड़ा हुआ टुकड़ा निकालकर उसे थमाया। इस टुकड़े में जो ख़बर छपी थी, उसने रतन को विचलित कर दिया। कई-कई बार उसने उस ख़बर को पढ़ा और फिर लगभग चिल्लाते हुए माँ को बुलाया। आवाज़ में कुछ ऐसी कशिश थी कि माँ दौड़ती हुई-सी आयी। ख़बर अंग्रेज़ी में थी, रतन ने ही पढ़कर उसका हिन्दी में अनुवाद कर माँ को समझाया। ख़बर सुनते ही माँ जैसे काँपने लगी और धम्म से ज़मीन पर बैठ गयी। ख़बर थी ही कुछ ऐसी। अमेरिका में वैज्ञानिकों ने पेंसलीन का आविष्कार कर लिया था जो चिकित्सा की दुनिया में ज़बर्दस्त क्रान्ति लाने जा रही थी। इसी ख़बर में टीबी के एक मरीज़ का ज़िक्र था जिसे डॉक्टरों ने पेंसलीन की मदद से पूरी तरह स्वस्थ कर दिया था। रतन ने कई बार ख़बर माँ को पढ़कर सुनायी। माँ से कम उसे इस यक़ीन की ज़रूरत नहीं थी कि वह स्वस्थ हो सकता है यानी उसकी जान बच सकती है।

हरप्रीत सारा इन्तज़ाम कर के आयी थी। दिल्ली से अगले दिन देर शाम की फ़्लाइट में अमेरिका के लिए उसका, उसकी माँ और हरप्रीत का टिकट बुक था। हरप्रीत के एक चाचा अमेरिका में रहते हैं, सबसे पहले उनसे सम्पर्क किया गया, उन्होंने डॉक्टरों से तय करके जब तार दिया तब हरप्रीत ने यात्रा की तैयारी कर ली और यहाँ आ धमकी। ऐसा लगता था कि सब कुछ जान-बूझकर इतनी जल्दबाज़ी में किया गया था कि किसी को सोचने का मौक़ा न मिले। सोचने को था भी क्या? रतन निश्चित मौत से बच निकल रहा था, माँ के लिए इससे बढ़कर और क्या हो सकता था? रतन ने कहा भी कि मुझे ख़बर देकर बुला लिया जाये या दूसरे दिन मेरे आने का इन्तज़ार कर लिया जाये पर हरप्रीत नहीं मानी। एक-एक मिनट क़ीमती था, दूसरे दिन रात दिल्ली से फ़्लाइट थी, दिन में कई औपचारिकताएँ थीं जिन्हें निपटाना था। रतन ने हथियार डाल दिये और घण्टे-भर में सामान बाँधकर वे रवाना हो गये। हाँ, इतना उसने ज़रूर किया कि रवाना होने के पहले ड्राइवर से मेरी माँ को फ़ौरन आने का तार ज़रूर भिजवा दिया। जाते समय मकान मालकिन को हिसाब-किताब करते समय माँ ने क्या समझाया यह तो रतन नहीं देख-सुन पाया क्योंकि हरप्रीत लगभग उसे घेरकर कार तक ले गयी पर इतना ज़रूर हुआ कि उसने भाग-दौड़ के बीच मेरे लिए एक ख़त लिख डाला और हरप्रीत की घूरती आँखों के बावजूद किसी तरह चलकर मकान मालकिन के पास तक गया और उनसे हाथ जोड़कर

अनुरोध किया कि मेरे आने पर ख़त मुझे सौंप दे और यह भी कि मेरी माँ को तार भिजवा दिया गया है, वे कल दोपहर तक आ जायेंगी, तब तक समझा-बुझाकर मुझे अपने पास रोके रहें।

रात-भर चलकर वे दिल्ली पहुँचे और वहाँ जाकर पता चला कि उनकी फ़्लाइट देर रात थी और वे मुझसे मिलकर भी दूसरी सुबह जा सकते थे पर अब किया क्या जा सकता था? चलते समय मुझसे मुलाक़ात नहीं होनी थी सो नहीं हो सकी। उसी रात वे अमेरिका के लिए उड़ गये। यह तो उड़ने से थोड़ा पहले पता चला कि अमेरिका जाने वालों की सूची में रतन की माँ का नहीं हरप्रीत की माँ का नाम था।

अमेरिका में साल-भर से ज़्यादा इलाज का दौर चला। पेंसलीन बाज़ार में आ ज़रूर गयी थी पर अभी भी प्रायोगिक स्तर पर थी। डॉक्टर मरीज़ों को गिनीपिग बनाकर प्रयोग कर रहे थे। रतन तीसरी दुनिया से आया था, इसलिए उस पर भी ख़ूब प्रयोग हुए पर वह ख़ुशक़िस्मत था कि इनका कोई बुरा असर उस पर नहीं पड़ा और वह पूरी तरह से स्वस्थ हो गया। इसके बाद रतन की कहानी में वही मोड़ आया जो ऐसे हालात में आ सकता था। तीन साल बाद जब वे वापस लौटे तो रतन और हरप्रीत का विवाह हो चुका था।

जीवन में सब कुछ सामान्य चलता रहता, अगर दस साल के दाम्पत्य और तीन बच्चों के बाप बनने के बाद भी रतन को अपने अन्दर हमेशा कुछ-कुछ ख़ालीपन-सा नहीं लगता। अपने ऊपर पूरा नियन्त्रण रखने की कोशिश रखते हुए जब उसे लगा कि जीवन उसके लिए किसी बोझ की तरह बन गया है और अगर मुझे नहीं ढूँढ़ पाया तो आत्महत्या कर लेगा, इसी चक्कर में उसने मुझे ढूँढ़ने का निर्णय लिया। मेरी शादी के बाद ही मेरा परिवार शहर छोड़ दूसरे शहर में बस गया था। पिता और भाइयों ने अपना धन्धा बदल दिया था। आज सोचती हूँ तो लगता है कि मेरी वजह से उन्हें कितना भुगतना पड़ा था। रतन ने एक बार तय कर लिया तो फिर पता लगाकर ही छोड़ा। वह कलकत्ते हमारे दफ़्तर तक पहुँच गया। एक बार तो कपूर साहब से मिलने उनके केबिन में भी घुस गया और व्यापार की कुछ काल्पनिक बातें कर निकल गया। न उसकी हिम्मत पड़ी कपूर साहब को कुछ बताने की और न ही उन्हें किसी तरह का शक हुआ कि सामने वाले से कोई परिचय निकल सकता है। रतन का जुनून इस हद तक बढ़ गया कि वह जब कभी किसी काम से कलकत्ते आता तो हमारे दफ़्तर तक ज़रूर आता और उसके आस-पास भटकता रहता, अन्दर आने की हिम्मत न पड़ती। एक बार तो उसने किसी कर्मचारी से बहाने से हमारे घर का पता भी पूछ लिया। कई बार घर के चक्कर लगाये पर वहाँ भी दरवाज़ा खटखटाने की

हिम्मत न पड़ी। कई बार घर के सामने चाय की दुकान पर बैठा हमारा घर निहारता रहा, इस हसरत से कि मैं दिख जाऊँ पर वह भी न हुआ। यह तो कपूर साहब के जाने के महीनों बाद उसे हमारे दफ़्तर का चक्कर लगाते हुए उनकी मृत्यु के बारे में पता चला। तब भी कई बार कोशिश करने पर ही वह उस दिन हिम्मत कर सका कि मेरे पास उसका कार्ड पहुँचा।

इसके बाद तो पूरी ज़िन्दगी ही बदल गयी। पहले कुछ संकोच के साथ मिले हम, दोनों के परिवार थे, इसलिए संकोच और अपराधबोध साथ रहता था। मिलने की जगह और एकान्त ढूँढ़ना ही मुश्किल होता, ख़ासतौर से मेरे लिए। कलकत्ता शहर में मेरी ससुराल वालों के बहुत जानने वाले थे। पर जहाँ चाह होती है वहाँ राह निकल ही आती है। हम मिलते रहे और ज़िन्दगी चलती रही। ज़िन्दगी की व्यस्तताओं और सुरक्षित एकान्त के अभाव ने हमेशा हमें अतृप्त ही रखा। तभी रतन ने एक ऐसी योजना मेरे सामने रखी जिसने हमारी ज़िन्दगी ही बदल डाली। उसने मार्खेज़ का उपन्यास '**लव इन द टाइम ऑफ़ कालरा**' मुझे पढ़ने के लिए दिया। हरप्रीत, तूने इतने साल रतन के साथ बिताये हैं, तुझे तो पता ही होगा कि रतन कितना पढ़ाकू था। हर समय उसके हाथ में कोई पत्रिका या किताब होती, मुझसे कॉलेज में उसकी दोस्ती का कारण भी शुरू में यही बना था। शादी के बाद घर गृहस्थी के चक्कर में मेरी तो पढ़ने की आदत काफ़ी कुछ छूट गयी पर रतन जब मुझसे मिलने आता, कोई-न-कोई किताब उसके हाथ में होती। उसने मुझे एक दिन '**लव इन द टाइम ऑफ़ कालरा**' पढ़ने को दी।"

थोड़ी देर तक रानो जी ख़ामोश बैठी रहीं फिर एक हल्की-सी मुस्कान उनके चेहरे पर आयी और उन्होंने हमारे भाव-शून्य चेहरों की तरफ़ देखकर फिर से बोलना शुरू किया— "मुझे पता है कि पुलिस वालों का पढ़ने-लिखने से कोई ताल्लुक़ नहीं होता, इसलिए बता दूँ कि मार्खेज़ दुनिया के बड़े लेखकों में से हैं। स्पेनिश में लिखते हैं और आमतौर से भारतीय उन्हें अंग्रेज़ी में पढ़ते हैं। '**लव इन द टाइम ऑफ़ कालरा**' मोटा उपन्यास था और मैं उसे पढ़ना टालती रही, हर बार जब वह फ़ोन करता। मुझे पढ़ने की ताक़ीद करता, हर ख़त में हिदायत होती कि मैं जल्द उसे ख़त्म करूँ और मिलने पर झगड़ता कि मैंने अभी तक उसे पढ़ा क्यूँ नहीं। बहरहाल डरते-डरते मैंने उसे शुरू किया और जल्द ही बिना उसके बताये मेरी समझ में आ गया कि वह क्यों पढ़ने की ज़िद कर रहा था। दरअसल, इस बड़ी प्रेम कहानी में एक छोटी कथा छुपी हुई थी। बिना रतन के कहे मैं समझ गयी कि वह क्या सन्देश मुझे देना चाहता है? यह छोटी-सी कथा एक ऐसे जोड़े के बारे में थी जो चालीस

सालों तक एक-दूसरे के साथ हर वर्ष दस दिन एक जहाज़ पर बिताते थे। जहाज़ के कर्मचारी और नियमित यात्री उन्हें पहचानते और एक आदर्श दम्पति के रूप में उनका ज़िक्र करते थे। यह तो एक साल जब उस जहाज़ पर डकैतों ने लूटपाट की और दूसरे कई मुसाफ़िरों के साथ इस जोड़े की भी हत्या कर दी तब पुलिस की छानबीन में पता चला कि दोनों पति-पत्नी नहीं थे। दोनों के अपने अलग परिवार थे और वे एक-दूसरे से कई सौ मील दूर रहते थे, सिर्फ़ यही दस दिन वे साथ बिताते। पूरी कहानी मैं सनसेट प्वाइंट पर सुना ही चुकी हूँ और यहाँ मौजूद कई लोग उस महफ़िल में थे", रानो जी ने मिसेज़ मेहरोत्रा की तरफ़ देखते हुए पूछा, "क्या मैं फिर से दोहराऊँ?"

"बस कर, इसके बाद की कहानी मैं सुनाऊँगी।" मिसेज़ मेहरोत्रा, जो अब तक चुपचाप सुन रही थीं, ने अचानक अपना सर उठाया, अपने बेटे के ज़र्द चेहरे की तरफ़ देखा और फिर रुक-रुककर हौले-हौले बोलीं।

कमरे में मौजूद हर शख़्स ने आश्चर्य से उनकी तरफ़ देखा।

"आप तो अब तक बहुत कुछ समझ ही चुके होगे, शर्मा साहब", उन्होंने शर्मा की तरफ़ देखा।

"कुछ...कुछ...रानो जी के कमरे में मेहरोत्रा साहब की तस्वीर मिलने का मतलब कुछ-कुछ समझ आ रहा है।" शर्मा बुदबुदाया।

"कोई इतना बड़ा रहस्य भी तो अब नहीं रह गया है।" मिसेज़ मेहरोत्रा ने रानो जी के चेहरे पर निगाहें टिका दीं। कमरे में मौजूद हर शख़्स ने दोनों के चेहरों के तेज़ी-से बदलते भाव देखे और उस घृणा को महसूस किया जो दोनों के अन्दर एक-दूसरे के लिए भरी थी।

शर्मा ने मिसेज़ मेहरोत्रा के बेटे के चेहरे पर निगाहें दौड़ायीं। स्वाभाविक था कि अपने पिता के जीवन के रहस्य से उठते पर्दे से उसको बेचैनी हो रही थी, पर अब शायद उसकी माँ के लिए ख़ामोश रहना सम्भव नहीं रह गया था।

"तेरी कहानी से इस रहस्य के ऊपर से पर्दा उठ गया है जिसके साथ मैं वर्षों से रह रही थी। वह दोहरी ज़िन्दगी जी रहा था। जब तू अपनी कथा सुना रही थी मैं मन में हिसाब लगा रही थी कि कितने वर्षों से रतन मुझे छल रहा था। उनतालीस साल हो गये जब पहली बार रतन ने मुझसे विजयादशमी के दस दिन बाद गुरु जी के आश्रम में एक विशेष आयोजन की बात की थी। गुरु जी का आश्रम भवाली में है। मेरे मायके में गुरु जी को लेकर विशेष श्रद्धा थी। अपने बचपन से मैं देखती थी कि वहाँ का हर काम गुरु जी के चित्र के सामने सिर नवाकर शुरू होता था।

अमेरिका में रतन के इलाज के दौरान तो मेरी माँ घण्टों चित्र के सामने आँख मूँदें बैठी रहती। लगभग हर साल हम सब उनके आश्रम जाते और कुछ दिन वहाँ रहकर लौटते थे। रतन की माँ हमारी शादी के बाद ज़्यादा नहीं जियीं और फिर रतन घर जमाई बन गया। वह हमारे परिवार की परम्पराओं से इतना जुड़ गया कि एनी जैसी को भी नहीं पता होगा कि वह मेरे माता-पिता का पुत्र नहीं दामाद था। गुरु जी में उसकी भी हम जैसी ही आस्था पैदा हो गयी। इस बीच मेरी माँ नहीं रहीं और गुरु जी का भी स्वर्गवास हो गया। उनके आश्रम में हमारा जाना कम होते-होते ख़त्म ही हो गया था, तभी अचानक एक दिन रतन ने कहा कि उसको सपने में गुरु जी का आदेश मिला है कि वह कुछ दिन आश्रम आकर ध्यान लगाये। मुझे क्या आपत्ति हो सकती थी? मेरी कोई बहुत दिलचस्पी थी नहीं, इसलिए न तो मैंने ख़ुद भी चलने की बात की और न ही रतन ने कहा, इसलिए रतन अकेला ही गया। फिर तो हर साल वह आश्रम जाता। उसका समय तय था—दशहरे के ठीक दूसरे दिन सुबह की ट्रेन से वह निकल जाता और ग्यारहवें दिन की रात उसकी वापसी हो जाती। मैंने दो-एक बार साथ चलने की ज़िद की भी तो उसने मुझे टाल दिया। हे भगवान्... आज पता चल रहा है कि इतने साल रतन मुझे धोखा देता रहा...इस कलमुही की वजह से..." मिसेज़ मेहरोत्रा ने दोनों हाथों से अपना सर थाम लिया और धीरे-धीरे सुबकना शुरू कर दिया।

"मुझे कोसने के पहले तू सोच तूने मेरे साथ क्या किया था? तूने मुझसे मेरा रतन छीन लिया था। मैंने तो क़िस्मत से समझौता कर लिया था और अपनी घर-गृहस्थी में उलझकर समय काट रही थी, वो तो रतन ने आकर पुराने घाव हरे कर दिये। तुझे तो पता ही है कि दो-तीन साल से रतन की तबीयत ख़राब चल रही थी पर इसके बाद भी वह निश्चित वक़्त पर आता। विदा होते समय वह रोने लगता कि शायद यह आख़िरी मुलाक़ात है। इस बार उसकी स्थिति देखकर तो मुझे भी पूरा यक़ीन हो गया था कि यह हमारी आख़िरी मुलाक़ात है।

वह विदा हो ही रहा था कि तभी वह कुछ हुआ जिसके कारण आज मैं यहाँ हूँ। उसके पहले तो मैं हमेशा स्वयं को हरप्रीत मेहरोत्रा का अपराधी महसूस करती थी। रतन के साथ होती तो मुझे लगता कि मैं उसका हक़ मार रही हूँ पर उस रात जो रतन ने बताया उससे सब कुछ गड्डमड्ड हो गया। उस रात के पहले तक मैंने बिना किसी तस्दीक़ के मान लिया था कि रतन से मुझे उसकी माँ और ख़ुद रतन ने छीना था। मैंने उन्हें माफ़ भी कर दिया था सिर्फ़ यह सोचकर कि उनकी जगह कोई भी होता तो रतन की जान बचाने के लिए यही करता। रतन से बाद की मुलाक़ातों में

मैंने कभी भूलकर भी इस प्रसंग को नहीं उठाया था। उस रात, जब हमें लग रहा था कि अब शायद हम कभी न मिलें, मेरे सीने में सर गड़ाये रतन ने जो कुछ कहा उससे आज की घटना के बीज पड़े थे। शायद आख़िरी मुलाक़ात में रतन उस अपराधबोध से मुक्त होना चाहता था जो उसकी आत्मा पर सवार था।

रतन के अनुसार उस शाम जब हरप्रीत और उसकी माँ रतन को फ़ौरन दिल्ली चलने की ज़िद कर रहे थे, उन्हें रतन की माँ के विरोध का सामना करना पड़ा था। रतन की माँ चाहती थीं कि जब तक एक बार मैं न आ जाऊँ और रतन से न मिल लूँ तब तक वे लोग दिल्ली के लिए रवाना न हों। पर हरप्रीत की माँ ने उन्हें मजबूर कर दिया। उनके अनुसार एक-एक मिनट क़ीमती था, रात-भर के सफ़र के बाद वे दिल्ली पहुँचते और दूसरे दिन पता नहीं क्या-क्या औपचारिकताएँ पूरी कर उन्हें दोपहर में ही अमेरिका उड़ जाना था। रतन को यह अफ़सोस रहा कि उसने अपनी माँ का मज़बूती से समर्थन क्यों नहीं किया। शायद यह मौत का ख़ौफ़ था और जीवित बच सकने की सम्भावना कि रतन ने अपनी माँ की जगह हरप्रीत और उसकी माँ की राय को तरजीह दी थी। यह तो दिल्ली जाकर पता चला कि अगले दिन दोपहर नहीं बल्कि कई घण्टे बाद लगभग भोर को उनकी फ़्लाइट थी। यानी वे कुछ घण्टे रुककर मेरा इन्तज़ार कर सकते थे। दूसरे दिन और भी बुरा यह हुआ कि रतन की माँ को हरप्रीत के मैनेजर ने बताया कि उनका तो टिकट ही कनफ़र्म नहीं हुआ है। वे नहीं बल्कि हरप्रीत की माँ रतन और हरप्रीत के साथ जा रही हैं। अवाक् माँ-बेटे को यह आश्वासन ज़रूर मिला कि दो-तीन दिन के अन्दर ही माँ के टिकट का इन्तज़ाम हो जायेगा और कोई-न-कोई उन्हें अमेरिका पहुँचा आयेगा। पर ये दो-तीन दिन कभी नहीं आये। अगले एक साल रतन ने अमेरिका में बिताये और हर हफ़्ते एक निश्चित दिन माँ से उसकी बात करा दी जाती। माँ हर बातचीत के बाद यही सोच-सोचकर ख़ुश होती रहतीं कि पिछली बार के मुक़ाबिले उसकी आवाज़ ज़्यादा स्वस्थ लग रही है। साल-भर बाद घर के बाहर एक कार रुकी तो वे अवाक् रह गयीं कि उसमें से स्वस्थ रतन के साथ हरप्रीत भी उतरी—उनकी बहू की तरह।

बाद में जब हम मिलने लगे तो रतन ने बताया कि माँ ने कभी कहा नहीं पर जीवन भर वे अपराधबोध से ग्रस्त रहीं, हरप्रीत की अनुपस्थिति में वे मेरा ज़िक्र कर रोने लगतीं। रतन ने अगर मुझे विस्तार से न बताया होता कि कैसे हरप्रीत और उसकी माँ ने अमेरिका में उसका भावनात्मक शोषण किया और कैसे उन बारह महीनों में पूरी तरह से असहाय रतन ने हथियार डाल दिये। यहाँ तक कि जब स्वस्थ हुए रतन पर दबाव डाला गया कि अमेरिका से लौटने के पहले उसकी हरप्रीत से शादी हो

जाये तो उसके अन्दर इतना नैतिक साहस भी नहीं रह गया था कि वह अपनी माँ की उपस्थिति में शादी की ज़िद कर सके। दरअसल जिस तरह हरप्रीत और उसकी माँ ने उसकी सेवा की थी, उससे वह उनके अहसानों के बोझ तले बुरी तरह दब चुका था। माँ-बेटी के आपसी संवादों से यह तो उसे भी स्पष्ट हो गया था कि जितना पैसा उसके इलाज पर ख़र्च हो रहा था, उसका इन्तज़ाम उसका परिवार कई पीढ़ियों में भी नहीं कर पाता।

ये सारे विवरण उसने मुझे आख़िरी यात्रा में बताये। मुझे एक बार भी नहीं लग रहा था कि यह हमारी आखिरी मुलाक़ात होने जा रही है पर शायद रतन को समझ आ गया था कि अगले साल वह भवाली नहीं आ सकेगा, इसलिए वह बोले ही जा रहा था। अपने अन्दर-बाहर जो कुछ था, उसे निकालता जा रहा था। वह शाम कब रात में तब्दील हुई और कैसे बहुत धीरे-धीरे सरकी, मुझे आज भी याद है। जब भोर की पहली किरण फूटी और पूरी तरह से थका रतन तकिये पर लुढ़क गया, मुझे यह स्पष्ट हो गया कि हरप्रीत और उसकी माँ ने मुझसे मेरा रतन छीन लिया था। अगर उन्होंने झूठ बोलकर रतन की माँ को पीछे दिल्ली में ही नहीं छोड़ दिया होता तो वे क्या इतनी आसानी से रतन और हरप्रीत की शादी होने देतीं? बहरहाल शादी हो गयी तो उसकी माँ ने भी स्वीकार कर लिया और बीतते समय के साथ रतन ने भी एक अच्छे पति की भूमिका निभानी शुरू कर दी। वह हरप्रीत के तीन बच्चों का पिता बना ज़रूर पर एक ख़ालीपन का अहसास हमेशा उसके साथ बना रहा। समय बीतता रहा पर इस अहसास ने कभी उसका साथ नहीं छोड़ा और एक दिन घबराकर उसने फ़ैसला कर लिया कि वह मुझसे फिर मिलेगा और मेरा पता लगाते हुए कलकत्ते तक पहुँच ही गया। उस आख़िरी मुलाक़ात में वह मुझे यह सब सिर्फ़ इसलिए बता रहा था कि मैं उसे माफ़ कर दूँ, उसने तो आख़िर तक कोशिश की कि अमेरिका से ठीक होकर वह सीधा मेरे पास आ सके पर ऐसा न हो सका।

आज सोचती हूँ कि अगर वह मुझे यह सब न बताता तो कितना अच्छा होता। मैं तो उसे कब की माफ़ कर चुकी थी। यह सब बताकर उसने मेरे मन में प्रतिशोध की ज्वाला ज़रूर भड़का दी थी और मैंने हरप्रीत से बदला लेने की ठान ली। जिस दिन मुझे ख़बर मिली कि रतन नहीं रहा, मैंने हरप्रीत तेरी तलाश शुरू कर दी। मुझे पता ही था कि तुम लोगों की रामगढ़ में एक कॉटेज है और तुम्हें हर साल गर्मियाँ बिताने के लिए वहाँ आना बहुत अच्छा लगता है। यह कॉटेज भी तो रतन ने ज़ोर देकर इसीलिए बेटी के नाम बनवाया था कि वहाँ से भवाली में हमारी मुलाक़ातें आसान

हो जायेंगी। तय तो यह भी हुआ कि मैं भी अपनी बेटियों के कॉटेज यहाँ बनवा दूँगी और फिर हमें ज़्यादा एक-दूसरे से मिलने का मौक़ा मिलेगा, मैंने यह किया भी पर हम कभी साथ रामगढ़ नहीं आ पाये।

प्रतिशोध की आग में जलती हुई पिछले साल मैं तेरी तलाश में रामगढ़ आयी और पहले ही दिन तुझे ढूँढ़ निकाला। मैं तुझसे दूरी बनाकर घूमती रही कि कहीं तू मुझे पहचान न ले। यहाँ दो-तीन दिन में मुझे पता चल गया कि गर्मियों में रामगढ़ इकट्ठे होने वाले लोग शाम को सनसेट प्वाइंट पर आकर कुछ देर बैठते हैं। मैं जी कड़ा कर कई बार उधर से गुज़री, दो-तीन बार बैठे हुओं में किसी से दुआ-सलाम भी की, एक बार तो उनके बहुत क़रीब तक चली गयी। मुझे ख़ुशी हुई कि हरप्रीत तूने मुझे पूरी तरह से भुला दिया था। तू कभी भी मुझे पहचान नहीं पायी। इसके बाद क्या-क्या हुआ शर्मा ने बता ही दिया।"

कमरे में कुछ देर तक ख़ामोशी छायी रही। कमरे में मौजूद हर शख़्स अपनी नज़रें वहाँ मौजूद दो बूढ़ी औरतों के चेहरों पर दौड़ा रहा था। वे आस-पास बैठी हुई भी एक-दूसरे से बहुत दूर थीं। दोनों ने अपने चेहरे झुका रखे थे और फ़र्क़ सिर्फ़ इतना था कि जहाँ मिसेज़ मेहरोत्रा हौले-हौले सुबक रही थीं, वहीं रानो जी के चेहरे पर कोई भाव नहीं था। वह भाव-शून्य चेहरा नीचे किये चुपचाप फ़र्श को अँगूठे से कुरेद रही थीं और बीच-बीच में कनखियों से मिसेज़ मेहरोत्रा को देखे जा रही थीं।

मिसेज़ मेहरोत्रा ने धीरे-धीरे अपना सर ऊपर उठाया, एक कुटिल मुस्कान उनके चेहरे पर आयी, उन्होंने अपनी नज़रें रानो जी के चेहरे पर गड़ायीं और बोलीं, "चल सुदेश, अब हमारे पास वक़्त ही कितना बचा है, अगर तू न बताती तो मैं कम-से-कम चैन से तो मरती। अब तू बाक़ी की बची ज़िन्दगी जेल में बिता। मुझे यही ख़ुशी रहेगी कि मुझे धोखा देने की कुछ तो सज़ा तुझे मिली।"

कमरे में सन्नाटा छा गया। शर्मा को महसूस हुआ कि वहाँ मौजूद लोगों की सहानुभूति रानो जी के साथ हो गयी थी। यहाँ तक जब उसने इंस्पेक्टर नेगी को इशारा भी किया कि अब तो सब कुछ स्पष्ट हो गया है और अब समय आ गया है कि वह रानो जी को गिरफ़्तार करे पर नेगी की प्रतिक्रिया भी आश्चर्य पैदा करने वाली थी। वह ठगा-सा रानो जी के चेहरे की तरफ़ देख रहा था, मानो उसे समझ नहीं आ रहा था कि अपराधी कौन है—रानो जी या मिसेज़ मेहरोत्रा? अचानक शर्मा की अनुभवी आँखों ने उसे सतर्क किया कि कुछ अनहोनी होने जा रही है। रानो जी के चेहरे का रंग बदल रहा था और वे अपनी जगह पर कुछ हरकत-सी करती दिखीं।

"इस बार तू नहीं जीतेगी", कहते हुए रानो जी उठीं।

बहुत कुछ एक साथ घटा। रानो जी के बूढ़े शरीर में न जाने कहाँ से इतनी ताक़त आ गयी थी कि वे अपने क़रीब खड़े नेगी को झटकते हुए एकदम से भागीं और लगभग उसी समय शर्मा उनके ऊपर झपटा लेकिन तब तक देर हो चुकी थी। वह रानो जी को छू भी नहीं सका और उन्होंने ड्राइंग रूम के बन्द दरवाज़े को लगभग तोड़ते हुए बालकनी से नीचे पहाड़ी घाटी में छलाँग लगा दी। उस ठण्डी उदास रात सिर्फ़ एक चीख़ उभरी और कँपकँपाती हुई स्वर-लहरी कुछ देर तक फ़िज़ा में गूँजती रही।

❏❏